虹影长篇小说定本全编

绿袖子

虹影 著

Greens
Leeves
Hong Ying

南方出版传媒
花城出版社
中国·广州

图书在版编目（ＣＩＰ）数据

绿袖子 / （英）虹影著. -- 广州：花城出版社，2022.3
（虹影长篇小说定本全编）
ISBN 978-7-5360-9541-0

Ⅰ．①绿… Ⅱ．①虹… Ⅲ．①长篇小说－英国－现代 Ⅳ．①I561.45

中国版本图书馆CIP数据核字(2021)第233733号

出 版 人：张 懿
项目统筹：许泽红　李倩倩
责任编辑：许泽红　安　然
技术编辑：凌春梅
封面供图：马灵丽
装帧设计：友　雅

书　　名	绿袖子 LÜXIUZI
出版发行	花城出版社 （广州市环市东路水荫路11号）
经　　销	全国新华书店
印　　刷	恒美印务（广州）有限公司 （广州南沙经济技术开发区环市大道南路334号）
开　　本	880毫米×1230毫米　32开
印　　张	6.25　2插页
字　　数	116,000字
版　　次	2022年3月第1版　2022年3月第1次印刷
定　　价	45.80元

如发现印装质量问题，请直接与印刷厂联系调换。
购书热线：020-37604658　37602954
花城出版社网站：http://www.fcph.com.cn

目 录

1　女子善怀，亦各有行（总序）/ 林宋瑜
21　写在小说之前

001　第一章
016　第二章
023　第三章
032　第四章
037　第五章
043　第六章
047　第七章
051　第八章
055　第九章
062　第十章
077　第十一章
085　第十二章
091　第十三章
110　第十四章
117　第十五章
124　第十六章

127　第十七章
130　篇外：答作者疑难九问

附录

161　我看虹影 / 魏心宏
167　你在逝去的岁月里寻找什么 / 虹　影　魏心宏

总　序

女子善怀，亦各有行

——虹影创作的 N 面

林宋瑜

纳博科夫在他的《说吧，记忆》前言中写道："对俄国记忆的一次英语重述的一次俄语复归的这一英语的再现，首先被证明是一项恶魔般的工作，但是给予我某种安慰的是想到这样一种为蝴蝶所熟知的多次蜕变，以前还从没有任何人尝试过。"[①]这里有几个关键词让我记忆犹新，一是语言，涉及母语及客语；二是重述与复归，涉及文化与经验；还有，就是"多次蜕变"。在我读到这个中文版本的《说吧，记忆》时，我差不多也与虹影的创作相遇了。当时的虹影，客居英国伦敦，她用中文写作，追述中国往事，重构记忆中的中国。

2021年3月，大部分地区正是春寒料峭，广州却已经一片

---

① 纳博科夫：《说吧，记忆》，杨青译，花城出版社：1992年，第4页。

姹紫嫣红。在生机盎然的气象中，我收到虹影发来的最新长篇小说《月光武士》的电子稿，文件名显示是3月8日修订的。3月8日这一天，是国际妇女节。《月光武士》书名很"异文化"，有玄幻小说的色彩。书名来自作为小说隐线的一则日本民谣故事：一身红衣的小小武士，骑着枣红色骏马闯荡四方。路见不平，拔刀相助，替天行道。他救了一个落难小姑娘，小姑娘不想活，小武士带她看月光下盛开的花，月色中长流的江水，人间美景皆是活泼的生命。小姑娘因此得到活下去的鼓励和力量……多么诗意和富有童话色彩！每个女孩心底都有一个"月光武士"，都有一种被呵护、被珍惜的渴望。虹影将这个情结置于残酷叙述之间，并让我们看见"月光武士"化身在人间，非常巧妙地化解了现实层面的悲惨、戾气、压抑和绝望的状态，让人有活下去的勇气。这种叙述方式，在虹影以往的长篇小说中是罕见的。

整个小说所呈现的生命情状，与广州这个季节的气息相呼应，是非常饱满、不断流动变化的生命方式。尘世的欲望与激情，色彩驳杂而灿烂；回首故乡的那种悲伤、审察和谅解的复杂心路，是对来路的回溯或追寻，潜蕴着对所爱之人刻骨铭心的依恋与怀念。小说通过真实与虚构的场景与人性解读，构造出一个强大的精神气场，生机盎然。而书名虽为"武士"，但我知道虹影的小说，主角必有奇女子。

这个一闪而过的猜想，大概来自对虹影数十年创作的理解。虹影在中国发表的第一篇小说，标题我还记得：《岔路上消失的女人》（《花城》杂志1993年第5期），距今将近30年。虹影是多产的，长篇、中篇、短篇小说，以及诗歌和散文，甚至童话作品，其创作迄今运用了多种不同体裁，当然最重要的体裁是小说。她的叙事风格、她藏在作品里的思想情感，也一直在微妙地变化着，然后渐渐形成了她丰富而独特的文学世界。"岔路上消失的女人"似乎成为一个隐喻，或者一个预言。虹影的作品，总会让我想起女人，她们的性格、命运、生活的道路……女人的面孔是在雾中的，但身影的轮廓清晰，风一样的女人，不走直路，不在主流路线上。她随时可能拐进前方的岔路，探出自己小径分岔的莫名远方，消失又出现，或者转身是另一个神秘女子……

读《月光武士》，在阅读中升起感慨。30年的创作，对于一个作家，意味着什么？《说吧，记忆》就是在这个时候浮现出来的。我从书柜里把泛黄的书找出来，重温纳博科夫的话。如果说，虹影创作的基石，也即叙事的出发点，来自她出生以来所遭遇的伤害、苦难及困扰，来自她昏天暗地的生活记忆，那么，这种记忆究竟发生多少次蜕变，才成就当下的言说？

我读《月光武士》，走进一个少年的青春期故事里。"成长"，是虹影小说最重要的元素之一。这一次的成长，是一个少年的形象，那个愣头青小子窦小明，他的成长过程同样充满艰难曲折、迷失与回归。在他身上，既可以看见虹影的影子，也可以看见虹影的梦想。通过窦小明，她再次讲述了记忆中生活的粗鄙、凉薄与悲情，却也书写了一种刻骨铭心的、无法完成的爱情,心灵的热切追求,如梦如幻,义无反顾,至善至爱。因此让小说的底色突破灰暗岁月,很自然地呈现出一种明亮和纯粹,让阅读获得一种怦然心动和飞翔之感。

叛逆、自由、勇敢、好奇、侠气、专情……窦小明这个人物承载着理想和纯真,自带光芒,熠熠闪亮。他的生活背景是烟火气浓重的重庆市民社会。隔着纸页,我都闻得到二十世纪七八十年代"老妈小面馆"的麻辣香气,听得到江边码头汉子们粗野的吆喝。这也是一个重情有义的世界。所有的人,难以分好坏和正邪,他们是凡夫俗子,世俗的欲望与烦恼,不比你、我、他多,或者少。爱中有恨,恨里有爱,纠缠与分离,告别与重逢,剪不断的恩怨情仇,犹如那滔滔不绝的嘉陵江水,抽刀断水水更流。

当"大粉子秦佳惠"出现时,"整个身影罩着一层光,跟做梦似的",让少年窦小明的"心飞快地跳动"。不是女主角会是谁?我还是不懂"粉子"的确切意思。专门查了一下词语解释:"粉子,形容漂亮女性。'粉'就是漂亮的意思。对漂亮女人的赞美依次可以为:粉子、很粉、巨粉。在成都,大凡有点文化的人,把可能成为性对象的女人,都称为'粉子',算是对女性的一种尊称。""粉子"是川方言。川方言在《月光武士》里并不少见,比如"哈巴""水打棒",诸如此类,非常醒目。对于我这个在另一种方言中长大的岭南人来讲,这种阅读获得奇妙的陌生化效果。

秦佳惠是一位中日混血儿,她就是少年窦小明心中的女神。她美丽、温柔、神秘,有特殊的感染力;她身上没有虹影早期小说那些女性的凌厉、剑拔弩张,没有如《康乃馨俱乐部》那种深怀大恨绝处反击颠覆反攻的复仇心态。秦佳惠是温婉的、隐忍的、顺从的,甚至低到尘埃的,同样也是情深义重的。因为秦佳惠,《月光武士》有一种柔韧绵美的力量。秦佳惠是小说人物关系的联结点,她的父亲、落难的大学教授秦源,黑社会混混头子、出于报恩所嫁的丈夫钢哥,曾经生活在中国的日本女子、母亲千惠子,粗野泼辣而又顽强的窦小明母亲……这些人物着墨并不太多,却个性传神,留下很多想象的空间。虹影的写作,到了现在,已经张弛有度,不煽情,不文艺腔。爱恨情仇,分寸拿捏得恰到好处。叙事时间跨越几十年的一部作品,故事经历了时代天翻地覆的变化,但叙述节奏把握得很稳。物事、场景和人物关系随着情节一层层展开,读到最后,让人有一种"过尽千帆皆不是,斜晖脉脉水悠悠"的唏嘘怅然,却也可以波澜不惊气定神闲了。

结尾写道:"人只有忘掉旧痛,才可重新开始,但旧痛仍在,噬人骨髓,他将如何重新开始?"这一段是写窦小明的,也是虹影的独白。

无论是救苏滟,还是救秦佳惠,"英雄救美"都只是故事的外壳,是引子。《月光武士》的核心,有关一座城的精神变迁史,一个人的精神成长史。这种精神成长,不仅仅是窦小明的,也是虹影自己的,更是属于经历大时代动荡转折的一代人。所以,这部小说,尽管题材与《饥饿的女儿》《好儿女花》的自传色彩有很明显的不同，但究其内核，却有一脉相传的联系。因其呈现出新的叙事角度和价值取向，以及对前两部自传体小说的呼应与突破，《月光武士》应该是虹影创作的重要节点，甚至可以视之为虹影新的精神自传。

窦小明是具有双重视角的角色。一个是显性的视角，虚构的小说人物、当事者少年窦小明、男性窦小明；另一个是隐性的视角，言说者虹影、目击者虹影、旁观者虹影、女性主义者虹影。

多线叙事和双重视角，使《月光武士》具有一种复调效果和变奏曲般的音乐感。小说人物繁多，内部有着多声部对话，不同人物有各自的立场与表述。欢乐与苦痛，都在对话里或暗藏或显现。也正是这种显隐结合的叙事方式，让我们读到了扎根于虹影心中最有生命的东西，即是她关于世界及复杂人性的解读中那种真实有力的心理现实。这部小说，从个人写到群体，从家庭写到社会，横跨大半个世纪，是最普通的山城重庆百姓在历史滚滚洪流中命运沉浮、悲欢离合的深情记录和歌哭，包含她的痛与爱。这是一种叙述的转向，虹影不再执着于追寻真相与辨认某种界定。甚至，作为叙述者的女性主体、女性视角是隐蔽的，历史与记忆，虚构与想象，基于她当下的情感形态和心理认同，她从而呈现了超越性别的写作方式。

只有回顾虹影的创作历程，才能明了她当下的言说。

童年时代插入胸膛的那根刺，还在那里。拔出来，伤口还在。虹影通过她的写作，一次次晾晒内心的伤痛，那些不堪回首的往事、那些歇斯底里的喊叫，暴力的场面、践踏尊严的羞辱，都让读者产生压抑、揪心的感受。

在心理学精神分析疗法中，有一项"修通"技术。就是通过打破强迫性重复，实现满足现实需要，最终发展出满足自己愿望的能力。而一个人的现实需要一旦得到满足，强迫性重复就会被终止。更进一步，一个人能发展出满足自己愿望的能力，能做自己喜欢的、自己追求的事，愿望达成，他的身心就会放松、自如，内外世界和谐。这就是创伤记忆与心理修通的关系。这个过程，有点类似禅宗的"悟"，而且是渐悟的过程。渐悟就是多重创伤愈合的过程，它是漫长而且曲折的修炼。虹影正是通过她一次次坦率大胆，甚至冒犯的书写，她的私人性故事与公众化表达，她看见了自己，接纳了自己，最终修通自己，活出自己缺少且一直追寻的那一部分。

这个最重要的蜕变契机，是女儿的诞生。"写完自传小说，是和过去的自己真实对视，在有了女儿后，才真正和过去的生活做了和解。"①虹影如是说。

成为母亲与书写母亲，是虹影最重要的生命经历。生命因母亲而来，18岁前在山城重庆南岸长大，也因此成为虹影生命的基阶。从《饥饿的女儿》到《好儿女花》，读者与虹影一起经历着边缘女性沉重的生存危机（底层的）、身份危机（私生

---

① 《虹影：不再饥饿的女儿》，《三联生活周刊》，2019年，第41期。

女)、性别危机(受侮辱并损害的女性),以及自我审视、挣扎的艰难过程。这个因创伤记忆造成的巨大心灵黑洞,需要一生的时间去不停填充。那是一种多么巨大的饥饿!虹影曾经谈及心灵的伤痛:"我的内心一直住着一个困兽,我无法倾诉,我无法寻求救赎,我濒临窒息。我想一个女人为什么活着,男人、欲望、金钱和名誉?不,都不是,而是基本的生存中,那最寻常的安宁之乐,父母双全,一家人在一起相守。而现实总不会给我们。"

残缺之痛,被社会压到最低的弱者之痛,边缘性地位饱受偏见与侮辱之痛,被虹影赋予到小说女性命运遭遇中。女性,成为虹影无法回避也不回避的话题,"她是谁?""她从何而来?往何处去?"成为她无法停歇的追问。虹影写了多少部小说,就有多少个处境不同、形象各异、生命既复杂又丰富、或纯粹或妖娆的女性形象。她更多地书写了女性的受难与抗争,比如母亲,比如六六。她们好像萧红笔下的女性,卑微、隐忍、抗命。虹影也写了一些以男性为主角的作品,比如《鹤止步》,还有最新完成的《月光武士》。但是她写男性,是试图以跨性别视角理解男性世界、审察性别关系。是站在"她"的立场发声。

评论家陈晓明曾经在《女性白日梦与历史寓言——虹影的小说叙事》一文中剖析虹影的小说《康乃馨俱乐部:女子有行三部曲》,将其称为"文化幻想小说"。所谓文化是指被漠视的文化冲突、文明冲突等问题,比如关于性与欲、财与权、肤色与信仰这些我们必须面临的现实处境中的危机与矛盾冲突，虹影通过带着芒刺和尖锐棱角的叙事话语，大胆质疑勇敢挑衅。而幻想，则是《康乃馨俱乐部：女子有行三部曲》的三个独立篇章，由一个中国女子贯串起来，在未来时间里，在三个世界著名城市——上海、纽约、布拉格的奇特经历。事实上，《康乃馨俱乐部：女子有行三部曲》从体裁来看，也可以视为科幻文化小说，或者称之未来小说。关于《康乃馨俱乐部：女子有行三部曲》中这位中国女子的名字"蝃蝀"，虹影在自序中诠释，典出《诗经·鄘风》"蝃蝀"篇。从诗中得解，包含这样复杂的意义：女人是水，水汽升发得虹，女人成精；女人是祸，色彩艳丽更是祸。于是"不敢指"，可能有些人"莫敢视"也。这个时期的女主角，是为爱而生，也为爱敢恨的，富有破坏力、反叛力和抗争性。这也是虹影当时写作的内心经验、情感经验。而当第76届威尼斯国际电影节上，娄烨的新片《兰心大剧院》入选主竞赛单元时，作为该电影原著小说《上海之死》作者的虹影，接受采访解读自己创作的女性人物时，她说："我认为原谅、宽容以及自我审判才是文学更强大的力量，这种力量是女儿唤醒了我，只不过转换了一种方式去书写，我依然是一个女战士，在文本中书写女性的反叛。"[①]

《上海之死》是虹影一系列历史虚构小说之一。虹影已经陆续创作了不少历史虚构小说，如《K：英国情人》《阿难：走

---

① 《虹影：不再饥饿的女儿》，《三联生活周刊》，2019年，第41期。

出印度》、上海三部曲（《上海王》《上海之死》《上海花开落》），都是借历史的碎片，抒写奇女子的命运故事及情感关系，其中包含着虹影强烈的女性观和生命观。虹影是一个很会讲故事的作家，但她如果停留在讲故事的层面，她会容易被指认为通俗作家。虹影说过："关于小说创作，我以为只有一条规则，'好故事，说得妙'。"①这个"妙"，包含了创作的各种玄机。一部作品，故事不是作为经验的表达，它还包括了精神的探索，生命意义的呼喊。它包括并呈现了人性的复杂、心灵的复杂，还有灵与肉的冲突、搏斗、交融。所以，真正的小说创作，我们称之为叙事艺术，因为它通过叙事话语所体现的故事，其境界是一般讲故事所不可比拟的。这就是小说的人文价值、审美价值，也是创作的玄机所在。

关于女性的话题，《好儿女花》可以说是一条分界线。在此之前，尤其是《康乃馨俱乐部：女子有行三部曲》（《上海：康乃馨俱乐部》《纽约：逃出纽约》《布拉格：城市的陷落》），在二十世纪九十年代后期，世界女性主义理论登陆中国，各种相关概念、术语为理论界所热烈讨论、广泛使用，虹影的作品被视为最激进、张狂的女权主义文本。她笔下的女性，抗争的方式往往是对抗的、造反的、运动式的，有破坏力的。"女权主义"这个标签，贴在虹影的作品上久矣。不仅是《康乃馨俱乐部：女子有行三部曲》，还有上海三部曲——《上

---

① 虹影公众号，虹影：《我为爱写作》，2020年2月14日。

海王》《上海之死》《上海花开落》,虹影以她的方式演绎并塑造了筱月桂——一个小女孩变成一个黑帮女王的过程,也虚构创造一个女明星同时也是情报人员,如何面对爱恨生死的人生大问题……我认为,中国当代女作家中,没有谁比虹影更熟悉世界女权主义的理论及发生的现实演变,她也曾经很认可这样的标签。

《好儿女花》,是我初读时很震惊的小说。小说中涉及的暗黑而沉重的家族历史、怪诞而挑战人伦禁忌的婚姻生活,极端的、超常规的,都是我的想象力所不逮的世界。我与虹影,是在不同文化传统和家庭环境中长大的两类人。我自以为很了解现实生活中的虹影,但我还是无法判断小说里有多少成分是来自真实的原型真实的生活,有多少是虚构。而且面对这部作品,阅读也是需要勇气的。这部小说的动因,来自母亲的去世和破碎了的婚姻。同时,这部小说的扉页,写明"给我的女儿SYBIL"。虹影站在人生的重要转折点,一道门关上了,另一道门已打开。她追述、追寻半生的母亲走了,她自己成为母亲,女儿SYBIL诞生了。命运的改变,人生轨道的改弦易辙,同时成为虹影重建自我、确认自我的新起点。在《好儿女花》的首页《写在前面》,虹影写了一段话:"我没有想到,也未敢想,有一天我会再写一本关于母亲和自己的书,但我知道,只有写完这书,才不再迷失自己,并找到答案,即使部分答案也好。"

那么，《好儿女花》之后，虹影还是女权主义者吗？

2016年9月在广州的1200书店，虹影与评论家谢有顺、龙扬志和我的一场对话讨论中，"女权主义"是其中一个重要的话题。虹影认为她已经不是一个女权主义者了。谢有顺当时说了这么一段话："我认为最伟大的女性主义者绝不仅仅是反叛男性，或者对男性勇敢地抗议，我觉得这还不是伟大的女性主义者。最伟大的女性主义者肯定是包含了对男性的爱，其实最终还是希望改变两性对立的关系，而不是说要把男性从女性的世界摘除出去。恨不能改变一个人，也许爱才能改变。"[①]以此为标准，可以确定，虹影迄今依然是一个女性主义者，而且是当代中国女性作家中最彻底的女性主义者。"女权主义"与"女性主义"均是英文Feminism的不同译法，但我认为"女性主义"更为确切。"女权主义"让我们联想到的是"妇女的权利"（Women's rights），联想到西方曾经轰轰烈烈的女权运动。以此区分，《好儿女花》之前，虹影是女权主义者，《好儿女花》之后，甚至可以说，自始至今，虹影就是一个彻底的女性主义者。这个定义，来自她全部作品最热切的关注，最热情的抒写，是关于女性生命成长的各种可能，关于女人的苦难、忍辱负重、反抗与努力，关于女人的蜕变与重生，关于女人与男人的爱恨、宽容与和解。而她的性别视角、女性主义观念，在创作过程中，是不断演变的。

[①] 花城出版社公众号，《虹影〈康乃馨俱乐部〉与中国女性书写蜕变》，2016年9月14日。

我重读《好儿女花》，再次走进这部争议不休的小说里。外婆与母亲之间的恩怨，成为理解这部小说叙述转向的切入点。从起源处重新审视自己的人生，以母亲为镜，看见自己尚未充分呈现的另一部分人格，给自己整合、重塑、新生的机会，我以为，这是《好儿女花》的书写意义之所在。"外婆的心眼儿诚，她种小桃红，朝夕祝福。母女之间长年存有的芥蒂之坝冲垮，母亲的心彻底向外婆投降。母亲泪水流个不断，悔呀恨呀，可是也没用，外婆不能死里复生……"①这是一部多线叙事的作品。除了母亲去世这条引线，还有婚姻崩溃这条线，还有"我"与兄弟姐妹之间的亲情关系这条线……每条线既清晰又相交叉纠缠，是一团越扯越紧的人间乱麻。更重要的是，在这貌似纪实、裸露、传记体的显性叙述中，却有一种小说氛围被精心营造出来，把读者引进内在隐秘、紧张、险象环生的中心。越过了相互关联的人与事，穿过整个关系蛛网，我看见虹影在描叙"小姐姐"的小唐，又换一套笔墨在讲述"我"的丈夫。然后"小唐"与"丈夫"合二为一，那些伤害、屈辱、压抑、恐惧、危机感……与对母亲的追述交织在一起，五味杂陈，伤痕累累。"我"和母亲作为典型的女性边缘人物，一生贯串着被嫌弃、被嘲笑、被误读、被羞辱的命运，但也以不同的方式相似的勇敢顽强，忍受着来自世界的恶意，经历跨越创伤、自我疗愈、忏悔、和解、包容并重建的艰难过程。

---

① 虹影：《好儿女花》，江苏人民出版社：2009年9月版，第25页。

而对于这部小说中"我"与小唐、小姐姐的三人行关系，我曾经目瞪口呆，找不到如何评述的词。但这次重读，我清楚地看见虹影笔下一个PUA（Pick-up Artist）高手形象。"丈夫"形象可作如是观。我不知道虹影在写《好儿女花》时是否意识到这一点，但至少，她大概知道心理学中的"煤气灯效应"，即认知否定，一种通过"扭曲"受害者眼中的真实，而进行的心理操控和精神洗脑。创作《好儿女花》时的虹影，以强烈的女性身体意识和直觉在书写创伤，小说中大量的短句子，那种紧迫节奏，像是沉重的喘气，给人一种窒息感。压抑的痛苦、深藏的悲伤和耻辱感，构成文本的隐性层面。其基底，有心碎、怨怒、依恋与矛盾的爱。虹影带着武器和盔甲。也就是说，她一手握矛，一手持盾，她的攻击与防护都是有爆发力的。《好儿女花》的开头写着："温柔而暴烈，是女子远行之必要。"这可作为解读这部小说所有扭结不清的情感及复杂人性表现的钥匙。母亲葬礼结束不久，女儿诞生了，新的生命开启了新的未来，意味着各种可能。外婆—母亲—我—女儿，虹影循序抒写了女人的命运、身份蜕变与重生。它既意味着生命的轮回，同时构成一个极有张力的生命之环。无私的母爱，是其中触及灵魂的救赎力量。

而关于母亲的叙事，从《饥饿的女儿》开始，就执拗地贯串在虹影大多数的小说中，这是她难以释怀的心结。这部为虹影带来极大创作声誉的自传体小说，同时也是饱受争议和误读的作品。因为身世之谜及身份危机所带来的困扰，虹影闯进兵荒马乱之年母亲的爱情与婚姻历史之中。"我是谁？""生命从何而来？""什么是爱？""母爱是什么？"这些看似终极追问的困惑，在敞开裸露的家族历史追寻中，一步步逼近真相，难以直面。这让一个18岁少女的情感变得复杂、矛盾而纠结，几近崩溃。而它所引发的争议，恰恰是这种言说的方式触及当时作为叙事禁区的身体伦理与情感越轨。今天重新读《饥饿的女儿》，会发现，这种看起来极其胆大妄为的叙述，其实是老实坦白的手法。迫不及待地直白倾诉，甚至滔滔不绝，让虹影顾不上修饰、隐匿、曲笔、善巧。正如汉学家葛浩文的评价："许多此类书，我看有个共同点，就是想要宽恕自身劣行，或呼喊受冤，或自我标榜，或有意卖弄……《饥饿的女儿》贯串的特点是坦率诚挚，不隐不瞒，它就是为什么连续三天时间我一直在读这本相当长的书稿。"[1]

写女性的命运道路，写两性关系，脱离不了性爱描写。而性描写，也是虹影小说被议论纷纷的一个方面。但不得不承认，虹影是描写情色的高手。性爱几乎是她小说的贯串性旋律，1999年写成的长篇小说《K：英国情人》，是其性爱主题的登峰造极。也因其惊世骇俗、颠覆传统引发更激烈的争论，甚至惹来官司。这部小说的内容，通过东方知识女性闵与西方登徒子、青年教授裘利安的性爱传奇，将女性的主动性、自主性、自由精神写得淋漓尽致，无法无天。这显然是对男性中心

---

[1] 葛浩文：《〈饥饿的女儿〉——一个使人难以安枕的故事》，《饥饿的女儿》，知识出版社：2003年，第234页。

主义的挑战。中国没有哪一个女作家敢如此写，也没有哪一个男作家会这样写。而最新完成的《月光武士》，荷尔蒙气息和肾上腺素同样弥漫纸页之间，写得血脉偾张。细节，非常考验创作功力，它是小说坚实而永恒的支点。正是通过细腻而奇妙的性爱细节，画面感极强、激情洋溢、狂野浪漫，使虹影小说中的性爱描写场面，被关注，也被读者津津乐道、褒贬不一。虹影写性，不是欲望化叙事，也不在于猎艳、宣泄。"性"是其风月宝鉴，以此照见人性与人心，照见性别文化的历史与演变。也是从写"性"的态度上，虹影小说显示出极大的文化张力：性别文化、中西文化、传统与现代的文化碰撞……

好小说除了好故事，还应该在其话语方式中包括作家对世界、对生命、对生存的看法和态度，以及价值取向。创作技巧是融入作家的洞察力、评判力和思想观念的。

很难说虹影的话语方式是传统写实还是后现代颠覆，是女性主义还是新历史主义，是海外流散文学还是乡土文学。似乎都包含了，界限不清。更准确地说，她的创作，从形式到内容，往往是跨界的。

创作达到成熟的阶段，跨界是自然而然的，体裁只是借来表述的工具。就好比武林高手，不按套路不拘拳法，该出手时就出手。萨尔曼·拉什迪给儿子写过《哈龙和故事海》，智利女作家、《幽灵之家》的作者伊莎贝尔·阿连德给自己的孩子写过少年探险奇幻三部曲《怪兽之城》《金龙王国》《矮人森林》，英国大作家吉普林写过《丛林里的故事》。而成为母亲的虹影，是否也会为她的孩子写书呢？

虹影果然写了《神奇少女米米朵拉系列》《神奇少年桑桑系列》九本小说。《米米朵拉》讲述了10岁主人公米米朵拉怎样在"丢失母亲"之后走遍世界的寻母冒险记，是一次对童话、神话、奇幻、民间故事等多体裁的混搭，讲未来世界人类会面对的种种困惑和危险。这是她对女儿爱的启迪与教育，她自己也在成长。成长是生命不断变化，从一种境遇走向另一种境遇的过程。小说所要表达的，正是这种变化着的生命哲学。她从对女性欲望叙事、两性关系探寻，到对母爱、友谊、亲情等普遍人性光辉的呈现，把自己生命中寻找到的重要意义表达出来。而这个核心，是关于女性身份与生命道路，关于女性命运的各种可能性，关于女性心灵的深刻体验。在这个意义上，虹影是真正的、彻底的女性主义者。

《好儿女花》之后，虹影关于性别关系及女性的生命观，有明显的转变。如果之前的女性形象面对男权中心世界的方式是呈现创伤、控诉呐喊、对峙复仇的，在《罗马》《月光武士》中，她赋予女性人物更鲜明的现代性，独立、自主、圆融洒脱。比如《罗马》里的燕燕和露露，以及《月光武士》里的苏沨，还有秦佳惠最后的人生抉择……她更多强调女性的自我意识、自我觉醒，女性必须成为一个吹笛者，才能得到拯救。

转变的力量来自虹影心灵上生长起来的爱。小说虽是虚构，但它的情感、表现出来的生命情状都是真实的，活生生的。所以说，小说也可以视为作家的个人史、心灵史。虹影的小说人物，总在反复提出这样的问题并试图去解答：什么是爱？什么是生命？你是谁？我是谁？什么是现实？什么是幻象？

神秘的幻象也是虹影小说中无法忽略的写作元素。她以此呈现另一类生命景象、另一种声音的存在。她看见不同的能量。《月光武士》中总在江边赤裸出没、不断被性诱怀孕的黑姑，她面貌丑陋、疯癫狂野，却也叛逆强悍、肆无忌惮。这个角色，在《饥饿的女儿》中曾以花痴的面目出现。无论是黑姑还是花痴，这个形象都给作品带来怪异的气氛，有一种冲击力。我设想，这个疯疯癫癫的女人是虹影的童年记忆之一，她的叛逆强悍是虹影在屈辱无助的年代内心渴望拥有的力量。如今她既是窦小明的性启蒙角色（有点类似《红楼梦》里贾宝玉梦遇秦可卿），也充当了秦佳惠形象的反衬，以一种非常态的出场，释放出被压抑的最原始的生命能量，挑衅强权的男性世界。这是虹影一以贯之的女性主义立场。

而出现在《月光武士》中的另一个神秘人物是黑衣黑帽的宾爷。来无影去无踪，神出鬼没，似在非在，似人非人，却牵着会算命的神鹅，"会算命，代写信"。他出没于窦小明走投无路之时，犹如路标或先知。宾爷与其说是一个人物，不如说是一个作者设置的隐喻性符号。宾爷让人想起写于1996年的《饥饿的女儿》中那个在"我"走过的路上若隐若现、一闪而过的神秘男子。究竟意味着什么？这是一个困扰"我"的问题，也意味着前方有未知的各种可能，让"我"好奇，也让读者好奇。他仿佛是灵魂的秘密，而"我"的身世之谜已揭开，这个秘密却没有答案。20多年后，《月光武士》里的宾爷与之呼应，宾爷特立独行，走过混乱嘈杂的俗世，走过方向不明的暗夜，他是魂，是秘响，是叫醒的力量，他照见尚不为人知的精神内面。

这就是虹影的无界书写，也是她创作的N面。也借用《诗经》的诗句"女子善怀，亦各有行"，典出《诗经·鄘风》"载驰"篇。这里的"女子"是诗中咏叹的远嫁许国的卫国女子许穆夫人。所谓"女子善怀，亦各有行"，指的是许穆夫人要回卫国吊唁卫侯失国，却遭许穆公等人阻拦，夫人被迫折回，路上抒发自己的不满情绪。身为女子，虽多愁善感，但亦有她的做人准则……这大概是中国最早的女权思想表达了，许穆夫人道出了多少善怀女子的共同心声。虹影的叙事风格，已经发生很大的变化，在《月光武士》中，我读到平静淡定与开阔，她的写作进入一种新的境界。而且她的跨界写作已经很自如，不仅是历史与虚构融为一体，私人话语与公共表达也熔为一炉。诗意和散文化，也作为动人的抒情碎片镶嵌其中。而最根本的内核，悲伤之中对生命微光与暖意的珍惜，绝望中的信心与心怀希望，越来越彰显。

归去来兮，永远的长江水。从18岁知道"私生女"身世出走山城，到走遍世界之后，认定自己的灵感源泉依然在长江两岸。重庆，成为虹影写作的原点，流动的长江上游至中下游（武汉、上海），成为她最根本的文学地理。每个人心中，都有回不去的欢愉或伤痛的过去，生命一直在流动中变化。说吧，记忆。重新发现，重新看待，重新获得新的视角与领悟，这是精神与心灵的转世重生。这个过程充满内在的艰难，却意味着脱胎换骨，意味着无限想象的各种可能。

2021年5月26日

写在小说之前

那个才貌双绝的女作家带我去光复北路的伪皇宫。皇后婉容抽鸦片的蜡像,做得太真,而且背对着门,吓了我一大跳。站在回廊上,我对女作家说,你看天井里的这棵树,住在这儿就霉运缠身。宫廷是欧式的,却阴森森,毫无富丽气氛。那个下午,我始终迷惑得喘不过气:鬼魅就在四周走动。

那个末代皇后,她好像有好多话要对我说。是她,又不是这唯一的她。就像我身边的这女子,我爱她,想象我们在从前的年代,甚至前世就相知相识。

2002—2004年,几次因为小说《K:英国情人》牵连的苦事去长春。我是《夜来香》迷,总觉得调子中别有凄情。长春成了一个让我又爱又怕的梦。

有一年冬天,一个导演朋友从日本回来。他让我为他写一个小说,写一个男孩在东京迷失。我说若写,一定得让他从长春出发。

写作过程中,我去信问那女作家几个关于长春的问题,其实我想问她:你能不能做故事的开端,让我们只在旧长春见面。在梦里我们穿着绿衣,在梦外我们也穿绿衣。人们以为我们穿黑衣,他们永不知道他们色盲。

第一章

那些人本来可以幸存,却在最后一刻被吞没。他们的灾难,与别人的不幸很不一样。很少有人理解,被动卷裹,与慷慨投入,是两种完全不同的命运。

1948年,东京郊边一些挨过猛烈轰炸的城市,也开始重建。在伊势崎,铲车向一幢只剩下残垣断壁的房子隆隆推来。司机突然发现前面墙上有竖写的一行行如图画的字。他扳上闸,跳下来看个仔细。墙上歪斜着一幅山水画,烧得只剩下三分之一了,还有一台钢琴,已炸烂,看来这是间挺讲究的客厅的里墙。

他凑近一看,全是汉字,有的字能猜,但前前后后连成行,就弄不懂了。他觉得奇怪,便到施工办公室打电话。

美国军警的吉普车马上赶来,从车上跳下几个美国军人,跑上杂草丛生歪斜的石阶。这是冷战开始的年代,日本人已经有了新的盟友、新的敌人。美国军人动作敏捷，神情严峻，他们仔细巡视周围，察看有无异情，对着墙上拍照片。一个看上去能懂文字的人，对带队来的军官说了一些话，他怀疑这些字迹是间谍的联络暗号。

那位军官退后两步，看那墙：笔迹浓淡不一，最早的字已经被风雨洗得很淡，一行行弯弯扭扭的竖排方块字对他来说，只是神秘莫测的符号：

我回长春去找你

我也赶回长春去

我再回长春去

我也赶回

我在找你死活也要找到你

我已经找到你在梦里

就在同一天，在千里之遥的另一个城市长春，另一批人，冷战的另一边，也在清理战争的遗迹，也在惊异于一行行类似的字迹。

那是个该记住的日子，长春电影制片厂成立，这是共产党领导的解放区建立的第一个电影制片厂。街上鞭炮雷鸣，扩音机里是喜气洋洋的秧歌锣鼓。1945年末从日本人主持的"满映"拆走的设备，已经从外省运回，正在重新安装。

就在接装设备时，录音棚技术人员发现女演员化装室前墙，有一排排歪歪斜斜的字。一群旧"满映"的男女同事,听说了,呼三喊四地拥过来看。他们站进房间里看,先是稀稀拉拉,不一会儿就挤满人。

门对着空白的窗,右手边以前搁着椅桌,现在只剩下残破的大镜框和震裂的镜子。尖利的碎片还留在墙上,可能都怕被划破手指,也可能一直无人管这阴气森森的房间,墙角挂着蛛网,地上满是尘埃。有人不怕喷得一身灰,去拉开那道肮脏的窗帘,顿时房间变得明亮。

破裂的镜子,此刻照着看热闹的人,他们割得奇奇怪怪的眼睛,统统朝向一个方向——左边光秃秃的大白墙上的一排排浓浓淡淡颜色各异的字迹:

  我去东京找你

  我也赶回东京

  又去东京

  找到你才活得下去

  马上就要找到你了别急

字行不连贯,语句凌乱。似乎是这个意思,似乎是那个意思。但大部人马上明白了这是怎么一回事。有个男士显聪明,读出声来。有个头发花白的人进来看了一眼,说很久前,其中有些字就在墙上。此话引来更多的人，一时间议论纷纷，破裂的镜子，扑了一层灰，重叠着太多惊异的脸。

那几年前便开始的故事，凡是"满映"的人，都耳熟能详，并不新鲜。可是这些浓浓淡淡的字，突然把人们已忘掉的记忆，重新演出一番，就像银幕上又放出了昔日的电影。这时窗外一大块乌云移近，房间里光线诡异。大片的色彩，压低了人的说话声和脚步声。也是的，这慢慢靠近或离开的一双脚，拐一个走廊转一个过道，或许就是另外一双脚，甚至是另外一双剥离了性别的鞋。

1945年三月，长春的日子不像这阵子消停。每个儿子有个命里的娘，当他长大，却发现过去的一切，早就随着尖叫消失。

那个春天，长春还叫新京，飘着满洲国旗帜。人人都明白，十多年来日本占领满洲，似乎这个"共存共荣"的基地不可动摇，可是现在走到了头。盟军强渡莱茵河，俄国军队势如破竹进入东欧。在东亚，英美夺回缅甸与菲律宾，迫近日军本土。轴心国败局无可扭转，这个结束已经开始，这点无论什么人都知道，就是不知道这个结束将怎样结束。

面临剧变，每个人都打起自己的小算盘。满洲株式会社映画协会的日本总裁兼总导演山崎修治，拼命赶着完成新片《绿衣》。他个子在日本人中显高，脸略瘦削，鬓角冒出几根白发。他穿着睡衣，一早就在听收音机，边听边整理他的床。和以往不同的是，不想洗澡,感觉肚子饿得厉害,便开始准备早餐。

差不多五分钟吃了两个面包,一杯牛奶,还是觉得不够。他又去厨房取了个生鸡蛋,砸到热腾腾的咖啡里,看着鸡蛋皮上的一层晶莹,用勺搅着杯里的咖啡,喝了一半,取了根雪茄,却放在桌上。这个战前日本电影界有名的欧洲派人物,担任满映总裁,政治责任再大,也没法让他改变生活习惯。

关了收音机,室内静得听得见心跳。他这才往浴室去,纳闷:还有相当一段日子可以一搏,我的艺术生命还长着哪,为什么心里惴惴不安?

满映的配音室不大,但设备是全套德国进口,功能第一流。墙上的银幕正在放尚未加声带的毛片。山崎修治想起他未喝完的那杯冲了生鸡蛋的咖啡,以及在清晨时留给自己的那个莫名的疑问。他嘴角露出一丝不让人留意的冷笑,其实无须多琢磨,根本就不存在值得恐慌的事!他正在做的这电影,会是他在中国的最后一部电影,将给满映八年画上一个句号。他戴着白手套的左手握成一个拳头,当初的决定当然是对的:他自己指挥乐队,以便让电影能及时制作完成。

散散乱乱的调音声中,这个拳头搁在面前的乐谱上。他拿指挥棒的右手抬了起来,整个乐队像箭搭上了弦,他左手的拳头也抬了起来,猛地朝乐队摊开,如武士剑出鞘一样,乐声轰然响起。在第一段雄壮的合奏之后，舒缓的旋律渐渐展开。音乐从地底涌起，在天花板上旋转着退回，由他一把兜底收起来，又撒开去。他快乐地看见全场的眼睛都闪亮起来。

有听凭他控制的音乐真好，山崎心里一个感叹，这是最美的一段变奏，他习惯性地在此半闭上眼。音乐回到最后的一个展开，等着从回旋往返中跳向预知的目的地。但是那熟悉之极的音符在一个回旋后，突然开出了轨道。山崎像迎面被人击了一掌，惊奇地睁开眼睛，马上明白是一个圆号手吹错了半个节奏，他眼光扫向左旁那个圆号手。他的手从空中直指过去，乐器错错落落停了下来。圆号手却一点没有发现是自己的错，虽然把圆号放下，一张脸上一点反应也没有。

山崎愤怒地用指挥棒打乐谱架，声音不大，但是极为严厉：

"你，你！慢了半拍！"

他胡子刮得干净，一身西式乐队指挥的燕尾服，身体却笔直挺拔，很像一个军官。也许知道整个乐队全是中国人，他有种特殊的傲慢。

乐队停了下来，那个圆号手茫然地看着山崎，山崎按捺住火气，简短地说："再来一遍！"

这一遍山崎没有那么陶醉的感觉，只是关注整部机器有节奏的运转。但是圆号手还是在同样的地方落后半个节拍。整个乐队哗然，大家都停下看这出戏怎么演下去。山崎手指那圆号手，叫他站起来。站起来的圆号手，就是个活人，不是乐队的一个有机部分。这圆号手瘦高个儿，脸却很稚气，最多只有十六七岁，一个少年，他垂着头依然显得高。

山崎厉声喝道："你，滚出去！"

少年拿起圆号，气呼呼地朝门外走去。

"你大笨蛋！"山崎愤怒地说，"你给我站在门口，好好听着！"

山崎的声音太威厉，少年停住了，乖乖地站立在后墙边。这次乐队顺利地走了一遍，但是没有圆号在高潮加入，明显音色不够亮剔。感觉就是一只飞远的鹤濡湿了翅膀，在空中艰涩地颠簸了一段，随风坠落下来。

玉子来到录音棚时，打扮得齐楚。她脱下毛皮大衣，挂好在走廊一侧自己专用的化装室里。她里面穿着一身花鸟图案暗纹的绿绸衣，不像旗袍也不像和服，是一种连衣裙，东北人说俄语名儿——"布拉吉"。

连衣裙很紧身，后腰上有半条带子，束在背后，更显出腰身；月形衣领，托着玉子白皙的脖颈；裙边盖到膝盖下一点，就那么一点，恰到妙处，露出她紧结的小腿。

那袖子式样也特别，挑肩，束袖口；疾步走路时闪闪飘飞，与腿踢起的裙边一路生风，惹得所有的人不由自主地想多看几眼。

在注视的射击中走路，在年轻时就不别扭，现在已成为一种享受。玉子那只戴着银镯的手,把绾成一个髻的发式弄松,让头发自然地垂下肩来。她脱掉高跟棕色牛皮鞋,穿上没有声音的软底鞋,才拧开化装室的门,穿过演奏厅后面过道,匆匆朝录音室走去。站在墙角的少年像是在让路,撞在墙边的一个什么东西,发出一声怪声响,却未引起玉子半分注意。室内坐着录音师和助手两人,正在叹气。

玉子问录音师:"我刚从摄影棚过来,没有迟到吧?"

录音师说:"算是没有。还没有开始试录!乐队今天排得不顺利,山崎导演发脾气了。"

玉子皱皱眉头:"最近他脾气挺大。"

录音师戴着镀金框的眼镜,人看上去极老实,话说出来却放肆:"这个最会来一套君子风度的日本人,也按捺不住了。"

助手递给玉子一杯茶,她喝了一口,问起山崎发火的事,录音师告诉了她,并给她哼了下圆号吹出的"错处"。她眼睛顿时一亮,转身隔着玻璃,看演奏室里无精打采的乐队,再转眼看那个被羞辱的站在墙边的少年。她刚才经过那儿时,甚至都未朝他瞟一眼,现在看,那玻璃上像蒙有一层淡淡的雾,除了一个影子晃着,什么也瞧不仔细。

山崎拿起话筒对着玻璃那边的录音室说:"先休息一下,就开始配唱试录。"乐队在走动放松,山崎自己却纹丝不动站在指挥台上,低头想什么事。

站在录音室玻璃窗外的玉子，一声不响地推开门，好奇心让她特地绕着过道，经过少年身边。这回看清楚了，少年瘦骨伶仃的，衣服似乎是挂在肩膀上，头发长得很浓密，黑中稍微带点栗色，而且有点卷曲；很久没理的头发乱蓬蓬的，使他有点像一个女孩子。

当玉子侧过身来看少年时，少年却还是低垂着头，盯着自己手里的圆号，眼睛胆怯地瞄了一眼玉子，马上脸红了，眼光躲开去。这么一低头一昂首，本来身材就修长的玉子，显得与他一样高。

玉子的双手叉拢在一起，转身往指挥台走去。从未见过这少年，看来是一个新手，不必说，他的新工作丢了。

山崎经常开玩笑说，玉子走路一阵沙沙响，不似风，倒有点像是野猫窜入窗外树丛。这刻，玉子心里掖着一点事儿，同样的步子同样的眼神，却更像一只野猫了。她走到乐队前，仰起头，指挥台上的山崎眼睛的余光扫了她一眼，依然满脸冷峻。她一步跨到指挥台上，俯在山崎耳朵上，亲昵地说："今天我嗓子哑了，明天录比较好，行吗？"

话说完，她自己都吃了一惊。什么时候我站在崖岸上，背靠着一片深水唱歌？明明是梦话，竟也说出了口。几乎整个乐队的人都看着她，不过她已经跨出这一步，就不准备退缩。她的嗓子的确痒痒的，在刚才喝水时就感觉到了。

山崎原计划今天赶完这首歌的录音，为了圆号手的事，已经心里很不痛快,现在听到玉子出了毛病,依然不想放弃。他严厉地说:"必须尽快做完,要赶今年北平上海武汉春季映期,只剩三个星期了。"

玉子退后一步,拍拍胸口说,"今天我的胸口闷堵着。"她咳了两声,看不到山崎有任何反应。她略略停了几秒钟,才凑近山崎的耳朵低声说,"我的嗓子是真有点不对劲,不过请让我今晚到你那里谈谈。"

山崎一愣,没料到她的邀请如此直接。玉子对他妩媚地微笑了一下,他脸色才柔和了。他没有表情地向全体人员宣布:"今天到此为止,明天晨八点准时到,正式开录插曲,配到声带上,这个电影就可以结束了。"

山崎说完话,脱了手套,插到衣兜里,转身朝门口走,少年像是醒过神来,忙侧着身给他让路。山崎皱着眉,刚要说话,想想,就对小心翼翼跟上来的录音师说:"你辛苦一下,想法另找一个圆号手,抓紧练练曲子,配器还是要尽量完整。唉,这个人哪里来的?"

"原先是搬运工,叫小罗,小名小罗宋,大名李小顺。"录音师说,看见山崎皱眉头,又加了一句:"十七岁了。"

山崎打量一下少年,鄙视地一笑:"搬不动道具,就玩音乐?"

少年在两人身后,张开口,想说什么,看见玉子从化妆室取了毛皮大衣出来，走过来，站在山崎身后，他便没有说话。少年脸色安静，仿佛山崎刚才说的与他无关。只是当山崎和玉子两人，并肩穿过录音室外边的一小段走廊，他盯着他们的背影，差点噎了自己。

山崎推开门时，室外正下着大雪——这年开春后最大的一场雪，也该是最后一场雪了吧。漫天雪花飘洒，有点像他拍的皇军胜利纪录片，飞机漫天撒下的传单欢快地飞舞。

一辆吉普车停在开着门的车库里，山崎先用钥匙打开右边车门，伸手给玉子拉开车门，让她坐上去，然后到一边坐上驾驶座。引擎却打不起火。门口的工人早有准备，拿出了摇把，拼出全身力气，好不容易，引擎才断断续续跳动起来。

他们在忙着时，玉子忽然从反光镜里看到一团影子。她侧过头，原来是那个少年号手从车后走过，穿的就只是刚才室内的那衣衫，头缩在衣领里，冷得鼻尖发红。他的五官其实生得很周正，鼻梁挺直，很像一个人，到底什么人？她着实想不出来。就在玉子恍惚之际，少年朝车子走过来，隔着车玻璃窗朝她看了一眼。她一惊，忙掉过头，那个少年从车前穿了过去。

引擎在艰难地吼叫，总是转不顺，汽车还是没能移动。玉子忽然有个感觉，忍不住转过脸去，果然，那个少年转过头，继续在雪花飘飞中朝她看。这少年眼睛有点凹，看来营养不良，脸上是一种失魂落魄的神情。

"什么鬼汽油！"开车的山崎突然生气地大声骂起来。

玉子转过身来，嗔怪地说了一句："瞧你，吓了我一大跳！"她不自然地拉拉自己的衣服。山崎骂得也对，日本人失去东南亚油田，面临严重油荒，据说"非战场用"汽油里加了化学代用剂。

"咳，没想到你如此不经吓。"山崎还是气鼓鼓地说，"以后吓人的事多着哪！"

两人说话间，车子引擎终于转圆了，山崎放开手闸，向前驶动。车子在漫天大雪中驶出了挂着"株式会社满洲映画协会"招牌的门，拐向满映厂的大道，拐过那个少年。他的身影在雪花中显得孱弱，脸上凄凄惶惶，像一只寻找归途的雀鸟。

这次山崎也看到他了，鼻子里哼了一声。玉子漫不经心地问："哪来的圆号手？"

"胡闹！"山崎转动方向盘，"被征召入伍的越来越多，乐队缺人。不过太不像话的也误事。"

"中国人？"玉子问。

山崎说："想必是吧。"他从后视镜里回望一下那少年远远落在车后雪中的身影，"你这么一问，倒是有点不像。管他的，穷疯了来混，你们中国古籍怎么说的——'南郭先生'！对，好个南郭先生！"

"哪里来的呢？"玉子爱问不问地说。这个山崎导演是日本艺术界有名的中国通，经常会卖弄地引中国典籍，其实是很普通的寓言故事。玉子听多了,对这个人的自鸣得意也习惯了。她习惯了各种男人,这种小小的骄傲更是不往心里去。她重复了一句,"哪里来的呢?"

"从满映工人中找的呗,瞎凑数。"山崎明显对这题目没有兴趣。

但是车子又无法走了:路上正在开拔调动军车大炮。长春的街道大都修得宽绰,以前军队调动都很守纪律地用街道小半边,这次却用了大半边,留下的空隙勉强让汽车对开,但稍有大一点的车就堵住了路。山崎皱着眉头说:"要不,我们先去国都饭店吃饭吧。"

玉子打开车门,下车向前走了好一段路。像个长剑剖开长春的中央通大道上,全是军人军车。山崎也下车,跟在她身后。他们一看这局面,车不能前行,也不能后退,就知道不如在汽车里等。她朝他一摆手,两人冒雪折回来。

进车后,玉子叹了口长气,拍拍山崎的手,安慰地说:"都得绕道,连肠胃都得绕,还是上你家吧,我给你做。这世道,吃什么都一样没味。"

山崎却斩钉截铁地说:"什么世道,都拦不住我把这部电影做完。"他侧过头来,看看玉子,捏捏她冻红的脸,"也拦不住你实现明星梦!"

玉子对着他笑笑,有点惨然。

从去年秋天起，满映全力以赴制作这部"情感映画"《绿衣》，由山崎自编自导，全部亲手操办，连音乐都是他自己配。他宣称，题意取自《诗经》，歌词也模仿里面的句子，这是对中国文化的尊重；音乐则用英国民歌《绿袖子》，在原调子上加若干变奏，象征满映并不盲目排外，与世界文化握手。他曾经多次说，今天他又旧话重说，仿佛在给自己打气。

"看来我也是个象征？"玉子的讽刺很婉转。

"就是，我要把你捧为中日文化同源的象征，一个为爱情而生而死的女子！"

玉子在把脸扭到一边去前，习惯性地给了山崎一个笑容。这故事原是她先讲给导演山崎听，他喜欢上了，亲自写出了剧本，他也喜欢她穿着"绿衣"的形象，让厂里服装道具师专门给她制作了几套。

一个姑娘因病突然失去记忆，连正在热恋的男友都不认识了。男友千方百计想法使她恢复记忆，到深山里帮她寻找单方，屡试无效，她就是不肯认他。男友失望之余，终于一去不归。姑娘受到刺激，病却渐渐好了。记忆恢复后，轮到她思念爱人，遍访天下名山大川，祈求神灵把她的恋人还给她。久寻不到，看到此处湖山秀丽，心里越是惨伤，她想投水自尽。就在这时，远处传来古刹钟声，她决定最后一次到寺庙为爱人祈福，不料发现接经签的和尚，就是她的恋人。结果自然是恋人团圆，幸福万年。

玉子喜欢这个电影,她羡慕那姑娘,有值得爱的男人,她自己这辈子是不会再生这念头了。她对比自己和那姑娘,心里空空洞洞,她一直遮住这心中的大缺口,不想看见,可是这个下雪天,所有的雪似乎落进了她的心中。

"还害羞演情爱?"山崎逗趣地说道。

"满映很少拍这样有意思的电影。"玉子嗔怪地看了他一眼,"让我主演,更难得。我感到荣幸还来不及。"

"堵车在这里,还是说点提兴致的话。"山崎眼神恢复一向的冷峻,认真地说,"你不要以为我这个做法来得太晚,关东军政治部还有好多人反对,指责我思想偏离了天皇陛下圣意!说是越是战事吃紧,就越该拍给军民打气的片子。哪怕我这个月赶完这部不听使唤的片子,还不知道让不让发行?玉子,我先给你把话说在前面,假如不让放,你不要太往心里去。"

他们都不作声了,两人都满腹心事。这时长长的车流移动了。山崎握住方向盘,让车子向前滑。他做人小心,与女人的关系小心,他不得不这么做,但是车朝前驶,却是战事的大局面决定,由不得他做主。他一向藏得紧紧的艺术家气质,在这时抬头,既可爱又可疑。

山崎叹口气说:"你知道的,我原是想赶上海台北南洋的春季电影旺季,我还是希望能赶上。"

第二章

离满映一里路,有大片大片的中国民居。白杨树林边上那几幢不成排不成圈的混木土结构的平房,式样与长春整齐的日式建筑其实差别不大,只是歪歪斜斜,看上去经不起一场暴风雨;又没有供暖设备,房内没有卫生间,解手得到屋外公用的厕所。

屋前有两棵银杏树,正在雪花中冒着新芽。房子不大,玻璃窗一关严,窗帘拉上,满屋子黑得什么也看不见。少年号手满头满身都是雪,打开门,他搁好一直揣在胸口的圆号,才去拍着身上的雪,好不容易在狂风中推上门,抵紧闩上。

他找火柴点起纸片,把干树枝堆在一个铁盆里。火焰渐渐变大,室内登时亮了许多,把窗帘敞开看,屋外的雪堵住了不高的窗玻璃。

他搁好冰冷的铁壶烧水,双手在火上烤,然后伸出一只手来:"玉子小姐,我是小罗,小罗。"他是在练习,或许有一天,将有这机会。没有人看见他，可他自己觉得这种练习有点厚颜无耻。他停住，往火上加一节树枝。

床边是漆掉光的木桌，有一个相框，玻璃反射着屋里的火光，里面镶有一幅照片，一对年轻男女，不知是定情还是婚后的照片，男的明显是个俄国人，沙皇军官的打扮，挺严肃，留有小胡子，没有太特别的地方，而女的是个中国女人，穿着花旗袍，露额头，眉毛弯而细，修剪得恰好，眼睛活鲜透亮。这照片上的黄色，时间消逝的痕迹，正好与整个小房间的简陋、冰冷的气氛有了印证：这不是一个家，连一个小客栈也算不上。

少年拿起碗里冻硬的棒子窝头，放在火上烤。

窝头软化了外面一层，他就拿起来狼吞虎咽，堵住了喉咙，他才想起提铁壶倒碗水喝，水还没有滚烫，暖暖和和正好。舒了一口气，他倒在床上，拿起相框，照片上的女人亲昵地把头向男人倾斜。少年皱皱眉头，一手把那男人遮住。只剩下中国女子甜美的脸，短发的发梢烫卷过，笑意既朴实又俏皮。

过了一阵，他的另一只手也翻上来盖住女子的嘴唇，脑子里闪过玉子从他身边经过的形象。他喉咙发干，感觉玉子看他的目光，和照片上的女子非常相似，这么一想，他心头有股莫名的火窜起，吧嗒一下，把相框反放在桌上。

她不会记起我，我也不必记起她。

他从来没有忘记过玉子，这个满映的女演员十年前做过他的老师。那蜡梅开花的季节,一个年轻姑娘提着藤箱,出现在城北孤儿院的小学部。上午,太阳爬上墙,阳光暖暖地照着他的脸。他双手托着脸趴在窗台上,这个新来的女老师进入他的视线,他觉得她漂亮得出奇,她的一抬头一个手势,是他所置身的世界从未有过的。

他盯着她转入墙边,直到她身影消失。等他离开窗台,回过身,发现女教师竟然就站在他跟前,面对很多和他一样大的孩子。

这是他毕生之梦的开场。

一个六岁的男孩,眼巴巴地等待着这个世界发生一点新鲜事情。美丽的女老师,是那年让最他兴奋的事情。那时她不叫玉子,叫郑兰英,郑老师,那时她打着两个又黑又长的辫子。

新老师教音乐,还教别的课。第一天上课上到一半,老师发现忘了东西,回自己的房间里取,好一阵子没来,他鼓动十来个孩子对老师做点事,那些孩子不敢,就他敢取一盆水泼在门口,不久老师就回来了,滑倒在门口。弄得一屋子的孩子乐开了花,他心里高兴,一点没有歉意:他至今回想,都弄不明白自己是出于什么动机去作弄这个让他着迷的老师。

郑老师在一片嬉笑声中爬起来,没有生气,也没有问谁做的事情。她弯腰拾起地上的笔记本,也不看那唯一不笑的男孩,开始上课。这使他很失望,失望得几乎要大声对她说,是我干的,他多么想向她展示他的愤怒。

她没有待多久,不到两个月,就有新的音乐教师取代了她。学校里老师都艳羡地说,郑老师考上了刚成立的满映,当电影明星去了。从此,他再也没见过她。不过男孩跟着新的音乐老师学得格外认真,音乐老师让他在学校乐队吹圆号,教他一回,他就喜欢上了,每次练习不落下,演出时更是认真。音乐老师是个中年人,从南方来。吹了六年后,有一天音乐老师与男孩告别,说是南方情况变了,他要奔一条新路去。

音乐老师说,"好好吹,你的乐感好,说不定可以靠这圆号吃饭!你喜欢电影,今后可以去考满映乐队。"男孩只是感激地点头,他不好意思告诉老师,这正是他这么多年下功夫学音乐的原因。他经常去看满映的电影,什么片子都看,一心盼望在电影里找郑兰英老师。可惜郑老师出现的机会不多,经常一晃而过,要非常仔细才能抓得住,看一部电影才见到几秒钟,最多一次才五分钟。

音乐老师留下乐谱和圆号,而他的话就是一道光。男孩每日早晚到白桦树林去苦练。或许有一天他真能考上满映,那就可以见到郑兰英真人。

十六岁离开孤儿院后,他就一门心意地进满映。可是,乐队没有位置,他就报名到满映当了搬运工,一边跟录音棚技师拉近乎,让他给找机会。

他果然见到了郑老师,远远地就认出她来,比十年前更漂亮。厂里都叫她玉子,他觉得这个名字好听,一个玉做的女人。他觉得满映没有任何女演员像玉子那么美,哪怕是大名鼎鼎的满映第一块牌子李香兰，那个日本美女山口淑子，也远远比不上。他心战战栗栗，总觉得自己能在满映几乎天天见到玉子，哪怕是从远处看，都是一场梦。一场梦牵着一场梦，他鼓励自己，做下去，别停，千万别停。

好几次搬东西时，他见玉子走过来，故意往上撞，玉子都灵敏地躲开了，也不像别的女人，要骂一声"瞎了眼的"，甚至也没朝他看一眼。他有时怪自己，怎么还是像六岁时那么想捕捉她的目光，哪怕让她滑一跤。

总有一天你要看到我的，他想。今天他知道这首歌是等着玉子来唱的，就有意按自己觉得比较好听的节拍吹，果然把山崎导演弄得冒火了，单挑他出来，把他赶出乐队。玉子真的如他盼望的那样，多看了他一眼。他害怕玉子又把他忘了，便故意在汽车前后走来走去，可是他走得那么不自在，紧张过分，和他多年来的心境相似。今天玉子注意了他。可是留下的却是什么印象呢？

那么，下次，怎么设计下次，借为今天"吹错"的事道歉，那样，他们可以正式认识。这可不容易，那个狗娘养的山崎导演，竟然挽住玉子的手臂！

脑子都想疼了，他从床上忽地坐起来。绒线衫袖肘是破的，外衣加盖在被子上。他把燃着火的铁盆移近了床一些。看看窗外越积越高的雪，躺进被子里。身子蜷曲，不禁打个寒噤。屋顶开始漏水。水声滴答，和着门窗外的风雪声响。

他朝埋着窗子没有融化的白雪看，万籁无声之中，似乎听到"绿袖子"的节奏轻轻慢慢地敲响房子，涌入这间破烂的房间来。这音乐是一首民歌，悠缓心碎的音乐，提起一颗易碎的心，悬在半空，像有一只温柔的手在上面轻轻抚摸。但是他加了一个明显的切分小节，让音乐贴上让人心脏都停跳的那种美妙，然后，那累积的缠绵，就渐渐变得浓烈起来，他渴望叫喊出心里念叨着的那个名字。

他翻转过身来，背对那积雪的玻璃窗，盯着漏水的地方，水声渐大，如他加入的乐队在给玉子的歌声伴奏：

你我相遇，满心欢悦。

绿兮袖兮，绿袖翼兮。

冰凉如夜，月隐泪痕。

绿袖流荡，宛若仙鹤。

飘飘来兮，焰光暖兮。

少年下到地上。他听见她，就是玉子在唱，而且"看见"了玉子：一人独自在屋外的雪地上走着，雪早已停了，一轮月亮挂在银杏树梢。他趴在窗前，为了看得真切，脸贴在冰得刺肉刺骨的玻璃上，一动不动。雪光把玉子的脸衬得非常美，而且，更使他迷醉的是，她唱的正是他傍晚在录音室里"吹错"的节拍。

他想打开窗,又怕惊动了房外的人,便住了手。等他揉揉眼睛时,再看窗外,那儿空无一人。他这才觉出了手冻坏了,脸也冷坏了,只好在小小的屋子里跑着,跺脚揉手,往火盆里再添几根树丫,凑近火盆取一点暖意。

这么来回几分钟,他左想右想,还是熬打不住,再去打开门看个究竟:雪确实已停,不过门槛上雪堆了起来,房外银杏树挂满雪,如开着雪白的花朵,月光照耀下,是另一番景象。没有脚印,连风也停了,只有月光下他的身影。他心里惆怅,回到屋里,看着火盆上的火焰,绿得发蓝,蓝得发白。

不过他似乎听到一句话。"明天你来化装室。"

"她来过!"他欢叫着,立即蹦了起来,不小心撞在木凳子上,人扑通一下倒在地上。

第三章

大和旅馆呈马蹄形,正面对称布局,是长春数一数二新艺术派风格的建筑,远瞧近看,都非常醒目。白雪之中好几辆车往这儿驶。日本关东军司令部住在这里,山崎修治也住在此,他是满映的"理事长",他另外还有什么资格,使他能住在新京日本人最好的公寓里,别人就不知道了。

玉子自然不问他,她明白有些事需要知道,有些事不需要知道。这个地方,她是第五次来,感觉却相同,除了陌生还是陌生,包括对山崎的感觉。她心里的弯弯绕念头,只是不想对他道个明白。

他们的暧昧关系已持续了大半年,但是对他无餍足的请求,她尽可能婉拒。她知道对男人不能迁就,尤其对山崎这样被女演员包围的人。过分迁就,男人厌倦就越快。她至少要坚持到这部电影做完、上映为止,真正圆了明星梦。一周前,拍外景回城,山崎对她有些恼怒地说,"什么时候你愿意上我那儿,一起晚餐,对我就是过节。"她对他冷淡,他反而对她热。

男女之事,就是这么简单。

她高兴自己已经看透了浪漫。

玉子今天一进这暖和的房间,就说:"开始过节!"山崎没笑,不知道他有没有忘一周前的话。这个男人平时还算幽默,今天看上去好像有点心事。

这公寓虽然只有卧室客厅两间,却很大,连厨房都宽绰得令人羡慕。房间摆设简洁雅致得过分,清一色白墙,清一色原色木矮桌,只有一把扶手椅,墙角三个方形柜子也是原色木的,搁着一盆君子兰。房间里没什么色泽,除了一个山水画屏风,上面一钓鱼人,斗笠和渔竿渲染了几分淡红。屏风紧靠墙做装饰,对面墙上一把武士刀,插在银器的鞘里,刀把和鞘上的花纹古色古香。山崎看着玉子进入厨房忙碌,首先是将一堆脏的大小杯子洗净,再变魔术似的端出两人的晚餐:面条上有着虾和绿绿的菜叶。

"简单就是最好。"山崎赞叹,他打开柜子,取出大瓶清酒和两个小兰花瓷杯。

玉子倒是喜欢山崎一贯在吃上的主张,她不经意地看窗外,发现雪停了。

不过面条吃完后,玉子以唱歌来劝酒,唱了两句,停下,对坐在收音机旁的山崎说:"你听,这样唱,味道变多了。"她手里打着拍子轻声唱起来。进屋后她就换了一身居家和服,头发也束起在脑后,插了一枚银钗,像日本女子,跪着说话。

山崎斟酒这工夫,玉子唱起了歌,背直直地,注视着推拉门,双手轻轻按着缓慢的拍子。她的嗓音很甜,很妩媚。

> 绿兮衣兮,绿衣黄裳,
> 心之忧矣,曷维其已。

山崎端着瓷杯,原先斜依在椅上,乜斜着眼,色眯眯地看玉子,听她这话,坐正了。"玉子小姐,今天雪景真美,你心情好是不是?"

玉子说:"这首歌让人伤心得慌。我真是太喜欢!这曲子你改写得妙。"她哼了一句,"这地方慢半拍,有个切分,更妙。"

山崎见玉子不把他的话当一回事,脸色都变了:

"你是说,那个小二毛子是对的,我是错的?"

玉子这才看清这个男人在发火,她蓦地停住,打拍子的手停在空中。脸上却绽开了灿烂的笑容。

"那是个二毛子?"她几乎笑出声来,"半俄罗斯血统?"

"肯定是什么白俄人留下的野种,北满多的是这种杂种。我问过,他姓李,但是厂里都叫他小罗——小罗宋——Little Russian。"他冷笑一声,"叫侮辱他的绰号,他还连连应声,没有骨气的俄国人!"

玉子看到山崎余恨未消,她更高兴地笑了:"是啊,这个小打杂的,算什么。不过我自己也是个半不拉儿,我是日本女人留下的杂种,母亲叫什么,娘家在哪里,都不知道,玉子这名字,也是半中国半日本。"

山崎听懂了,猛地站起来,刚想发脾气。看见玉子依然满脸笑,他总算约束住自己:"看来你很为自己的一半中国血统自豪!"

"哪能?"玉子低下头,温顺地跪着说。"全靠山崎先生提携。不然我什么都不是。"

"这就算你说对了!在满映八年,你一直当替身演员,今后一辈子也只能做配角!"山崎凶狠狠地说,"厂里都叫你大美人,有人还说比我捧红的第一号大明星李香兰漂亮,有什么用?要不是我下决心起用你,什么美丽也一样消失,不要多久就无影无踪!"

斜阳越过屋外雪的白透过窗来,从玉子的胸前照来,整个屋子,尤其是玉子整个人泛着华丽的红色。山崎看着窗格子投下影子中的玉子,时间并未在她脸上刻印一个女人的年龄真是幸运。她身体往右移,避开了方格子的投影;倒是那斜阳不舍她,专心专意地在她脸上加上一抹霞光,比往日更性感而端庄;她跪着的姿势,那垂首听着的神情,像个温顺的女奴。

山崎闷着头倒酒,一杯喝净。玉子伸过手,给他斟满酒。

这是个什么女人?她是井,井水溢出来了。他又是一杯喝干。

我自己也是井,随天命沉到底,那可怕的深处的旋流拖着我,我也会如她一样浮不起来。

瓶子酒见底,他才搁了酒杯,站起身,带着一脸怒气,朝玉子靠近。

玉子想闪躲,却未成。他不像喝醉的样子,那一点酒绝不会把他醉倒。玉子退到木桌另一边,后面就是墙,无处可退了。山崎猛地把她推倒,"这是满映给你的第一次机会,你不珍惜,我还珍惜!"

"当然,我怎会不想把片子做好一些。"玉子看着他气得扭歪的脸相,恐惧地说。

"那就得听我的!"山崎不客气地说,"什么个唱法,也得听我的!今天我才明白女人是不知恩的东西。"

山崎几乎跟他的声音一起压倒在她身上,她的身体没有挣扎,只是脸拼命地摇开,不让山崎的嘴和舌头够着她。

她气恼地说,"你这是强奸我。"

"随便你怎么说。"他冷笑着,"我强奸你,还算得上强奸?"

"你不能文雅一些?"玉子眉头皱起来,虽然她语气充满哀求。

"我倒是第一次不想通奸,就想尝尝强奸的滋味!"

"你这样太侮辱人,山崎先生。"

她的指责使山崎动作更加粗暴,把她拖到椅子上,拖到矮桌子前,她的头发散乱,银钗子跌落在地板上。玉子只能闭上眼睛,任他扯掉她的和服，做什么都由他。但是她的脸还是躲开他的嘴唇和舌头。她被弄痛了，只是咬住嘴唇，一声不吭，由这个男人动作凶狠地胡来。

终于，山崎翻过身来，仰天躺着。半晌，他嘴角动了动，吐出两个字："完了。"

玉子依然裸着身体，原姿势躺着，脸上毫无表情，不过她的手紧紧地抓着和服的带子。他有点惭愧，声音柔软了许多："本来一切都完了。是你让我下决心最后做一个好电影，我的绝世之作。"

他侧过身来，看着玉子。"这是我最后的机会，做一部跟这场倒霉的战争没有关系的好电影，真正的艺术。你也看到，我已经不在乎大本营会有什么话。"

玉子还是没有吱声。他俯在她身上，手捧住玉子的脸，玉子的眼角好似有泪痕，目光有了变化，深深地看了他一眼。

"奇怪，你今天在我面前，什么角色也不扮演，就演你自己。"他点点头："行啊，行。无论如何，我也得谢谢你的演出。这几天我们就配好音。艺术没有国界，没有时间。《绿衣》这部电影，也会让你的美貌传诸不朽。"

玉子只当未听见，她的目光晃过他，一双眼睛大睁着，她小心地用和服把自己遮盖起来。

山崎翻回身，手拍着地板。"但是完了，也就完了，我就是那渔翁，残阳落寞天涯。"他盯着那屏风，叹一口气说。

玉子的眼睛却看着桌子与天花板形成的角度，好像在寻找她应该占据的位置。若不是一年前李香兰一再对她耍大牌，对她的配合挑三拣四，有一天两人话不投机，李香兰甚至将手里的一杯水泼在她的脸上衣服上，破口乱骂她，她忍了多久的怒火，也不会点燃。

她下决心做个真正的电影明星，起码，对得起自己一辈子的演员生涯。她横下心来费尽心机接近山崎，让他对她另眼相看。山崎也确实未辜负她。新戏准备了两月，开拍了半年，一切正顺她的心愿开展，如那茫茫雪原中一排大大小小的房子点上温馨的灯，星星般一线线伸延下去。

但是在这一刻，玉子怀疑她自己的真正心愿，她真的那么想演主角当明星吗？

清晨，山崎穿着睡衣从卧室出来，上过卫生间，坐在客厅椅子上拧开收音机，他掏出一支雪茄来，平常早上起床前的习惯。昨天酒喝多，头重得厉害。收音机调不准，声音杂乱。但是他突然弯下身来，把耳朵凑到收音机上。

日本电台广播说：

"昨夜，300架美军B-29战略轰炸机滥炸东京。这是对妇雏平民的暴行……东京累计死亡7.8万人，伤10万，150万人无家可归……"

山崎听着,他手里的雪茄燃成一节白灰,燃到他的手指。他也不知。玉子在卧室里模模糊糊听到广播声,也惊呆了:一次轰炸死近8万人!她下床来,山崎说过,他的家就在东京附近。她迅速穿上衣服,打开门时正看见他从椅子上一头栽到地上。玉子急忙扑到电话机前,她尽量控制自己,对着电话那头说着名字和具体地址,让救护车赶快来。归根结底,她对这个男人恨不起来,甚至恼不起来:是她自己凑上来的,怪不得别人。

她马上蹲在山崎身边,掐他的人中和虎口。山崎吐出一口气,想睁开眼睛,却不能,声音微弱地说:"玉子……"

"别说话,"玉子异常镇定地对他说,"你没事的,医院车子马上赶到。"她又奔过去倒水,急忙奔回来给他喂水。

这几分钟,山崎耳朵里感觉玉子的脚步在飞舞,她的手指也在飞舞,她的气息轻缓地覆盖下来。这是第一次她温情地离他这么近。

楼下响起急促的脚步声。玉子去看看窗外,旅馆门口有医院的车停着。她便取了衣架子上的毛皮大衣,退出房间,把门虚掩着,自己下楼去。她不想让大和旅馆其他人见到她在这里,但又不放心山崎一人在屋里,现在她可以走开了。

她急匆匆地三步并作两步下楼梯,幸好还是早上最清静之际,看到的人不多。她扣好毛皮大衣的纽扣,走到大和旅馆门口一侧伫立。

两人抬着担架上的山崎,两人紧跟在担架后。

看着急救车急驶而去，玉子这才真正放下心来，抹去脸上的冷汗。凛冽的晨风中，旅馆的外面一直有人在铲雪。但道路两边堆着雪，停了一夜的雪，暂时没有融化的可能。雪衬得四周的景致非常明媚，可是她心情极糟，甚至可以说绝望透顶，很想找一个地方，好好哭一场。

她猛一回头，觉得大和旅馆大门外街上闪过一张熟悉的脸庞，像那个吹圆号的少年。她追上几步看，却只有几个身着制服的学生在街尾。

看来自己脑子出了毛病，怎么可能是那少年呢？她往额头上敲了敲。

·

第四章

　　东京烧成一片焦土,着火的人从燃烧的房子里冲出来,就地打滚。靠近运河的人,被火烧得纷纷往河里跳,运河里全是尸体,浮着一层似血似油的胶质物。

　　几千架飞机重重叠叠,机翼几乎碰到机翼,炸弹从机群中像蝗虫一般飞出,在山崎脑子里遮天蔽日地化成火团。

　　终于,温暖的线条冲开铁蝇之围:青山葱绿,泉水冒着热气。大块白色绿色中,古都的轮廓模模糊糊。灯笼一盏又一盏点亮,在微风中有节奏地摇摆。穿过石桥,绕着河边小径,再上一坡石阶。

　　母亲站在房前那儿向他招手,她的一头黑发怎么成了银色的?那身和服还是他离开时的蓝靛色的牵花图案。母亲最爱这件衣服,说是遇见父亲时,她就穿着这衣服;怀上他时,她也穿着这衣服。不是喜事或家中大事,母亲是不会穿它的。他喊母亲,母亲却不应。他急,急得手里全是汗。他的病很奇怪,永远昏睡不醒,睡眠却极其不安，反复折腾，不断说话。偶尔醒来，也不过是半小时，吃不下任何东西，医院诊断是轻度脑溢血。

玉子去看他，猜出他是在和老母亲说话。候到他醒来的一刻，她对他说，他家里一切会平安的。毕竟山崎家住在东京北边的伊势崎，属于群马县，不在东京市内。山崎经常说伊势崎风光如何旖旎，背后就是莽莽苍苍的群山，人和建筑都典雅朴素，终日蓝天白云。

山崎很想知道母亲的情况。就让人给母亲拍了一个电报，可是未有回音。他绝望地在病床上翻了一个身，自我安慰：他用的是军方通信，战争期间，尤其是遭到饱和轰炸的大东京区，民用通信或许会瘫痪。等待使他清醒的时候多一些了。母亲可能真的遭到不测，一味猜测，就是不认命。

山崎重病，就没人再去催电影《绿衣》的制片工作。这个电影厂全是日本人在操作，而日本人中只有山崎一心一意要制作这部电影，也许还加上玉子这个女主角。其他人早就因战争失败而坐立不安，成天惶惶不可终日。

这天中午，玉子在厂里看未成样的片子，借以打发无聊又无奈的时间。她接到一份电报，是山崎的母亲打来的。她赶到医院。山崎的母亲报平安，让儿子放心。电报说伊势崎这次没有挨到多少重磅炸弹，只是那些越过东京还没有扔掉全部炸弹的飞机，随意沿郊区一路乱丢，只要及时进防空洞，危险不大。

心病用心药治果然见效。在医院里住了一个月，山崎终于出院了。出院前他就把《绿衣》应该补的镜头、重拍的镜头和音乐，全部写在本子上，每日排得满满的，这电影的后期制作又进入正常轨道。在全片剪辑之前，般若寺一场戏加拍了第五遍，他还是不满意，仍要重来，让摄影师对准玉子的左脸，山崎知道她哪一种角度更美。

还是那身绿裙的玉子，在般若寺里烧香拜佛，祈求自己的爱情心愿实现。

山崎穿着整齐，脸色并不好，态度却很严谨，他对摄影和灯光师说，"添补经幡，注意灯光，唯美第一。"

景虽然是搭在摄影棚里，却还是中规中矩，天蓝得神秘，像玉子的目光。松柏参天中，东西两座鼓楼，镀上夕照柔美的色彩，古朴玄远。寺庙的院墙上停着一只松鼠，蹦跳着，顺墙跃到院里。他回过头来看见，心里想，或许今晚他可以好好入睡。

那已经是1945年5月，柏林已经攻克，欧洲的战争已经结束，美军正在猛攻日本本土之外最后一个卫岛冲绳，日军用了最后一招：自杀飞机。死已经死定了，看来日本只有一个挑选：如何死法。

"满映"人都说，《绿衣》是山崎的自杀飞机。不过拍电影还是过瘾，哪怕拍出来后，整个中文片电影市场已经不再放满映的片子，自己看着也好。所以整个班子都很卖力气，算是给自杀飞机加油吧。

每年玉子喜欢仔细观察雪融化的过程，那雪在她心里有同样的姿态。不过这次雪在她心中并不融化，虽然季节飞速变化，真正的春天不过就是一阵风拂过她的皮肤，想留住是枉然。

雨下了整整一天。为了使镜头如摄影师所希望的效果：细雨中树叶亮晶晶的闪光，他们在摄影棚里架起的松树，往树上细细喷上水珠。

东京也下着雨，雨水在屋檐下滴着，滴到石块上，滴到石缝里，溅起一朵朵小花。导演山崎指挥着一队人，各就各位，他突然有个感觉，玉子有一天会走在那古都小巷的青石块小径上，如同这摄影机中的年轻的姑娘，突然扔掉雨伞，一步步地走来，她穿着把身体曲线裹得紧紧的绿旗袍，不能走得太快，但脚步不能停，得一直往下走。

她在拐弯处不见踪迹。行，这也不错，一个拐弯，就是另一重天地。

但是玉子却越来越陌生。

玉子一上妆，一对准镜头，她的脸就变了。她的心上人在这段时间里，寻不见，有意躲着她似的。玉子喜欢成为戏中人，她走到湖边，捂住胸口，问自己：为何我想哭呢？她弄不懂自己，把衣服抚整齐，是的，该是她投进湖水怀抱的时候了，水下是地狱或是天堂美景，她都不管了，那是她的心上人与她相遇的地方。

她扮演的电影里的姑娘，在那段时间无论是戏里戏外，两者都难分出彼此，她感到一种说不出的快乐。泪水盈满她的眼睛，从她的脸颊掉下。

"停。"山崎喊他拍拍手，"很好。"摄影现场一圈人都松了一口气，玉子也松了一口气，谢天谢地，这最后该补的一个镜头终于做完。

一年后，玉子想起自己在南湖拍戏的情景，她完全没有料到，那本来当作浪费的感情，会把她带向完全不同的危险。

第五章

这刻,敞开的窗扉,随风在摇晃,发出吱吱嘎嘎的声响。草叶的清香贴着玉子的皮肤。她对着一盆水,先把盘在脑后的辫子解下,解开,然后去摸水。水里那脸庞悠然一动,她看了看,才把一头黑头慢慢放了进去。

满街满树绿得欢快,花繁果茂,亲昵地压着枝头。

八月初的一天,玉子推开录音室的门,差一点撞到一面大鼓上。有人正在搬大鼓出来。她贴到墙上让开,但大鼓却往后退,不过不像是给她让路;她往前,那大鼓向前,她等着,那大鼓等着,弄得她上也不是,停也不是。她有些生气,就推着鼓,鼓几乎压着她了,她不得不嚷起来:"眼睛长在哪里!"

趁着鼓跟着她前行,她赶紧侧身挤过去。快步走进门,发现在搬这大鼓是那个少年圆号手。他让道在一边的姿势十分别扭,涨红着脸,但是他的眼神在搜寻她。

玉子有许久没来录音室了，许久没见这少年，她差不多认不出他，也许，是换季穿衣少，他比以前更加瘦伶伶，那眼睛里湿淋淋的。

玉子折回来，帮他托这大鼓。他只当不认识她，一副很客气很生分的样子。本来他们就不熟稔，打几月前在录音室碰见，一直未曾再见。

两人搬鼓，一不小心她的右手与他的左手碰在一处，两人目光对视，少年把眼光移开，却把手伸过来，"我叫小罗。"他的声音实在太低，低得不能太低了。但是她不可能听不到，离得这么近。

就在这么走神之际，少年急忙缩回手，碰倒鼓面，"轰"的一声，回声悠远。整个录音室的人都回过头来看。圆号手本来涨红了脸，现在紧张得连肌肉都在抽搐，众目睽睽之下，他别别扭扭地把鼓搬了出去，样子特别可笑。鼓一移走，人们这才看清玉子站在鼓后，她一身白衣裙，头发系了条彩花丝带，笑着跟大家打招呼。

看见她来了，全场都活跃起来：玉子在这里很有人缘，男人女人看到她都喜欢。两个人过来帮着把鼓移走。

玉子直接走到她的化装间里，歇口气。她给自己倒了一杯水，真觉得渴了，喝完水，助手才端来茶。她笑着朝助手点点头。她试试嗓子，有人敲门，在催她。

"就来。"她头也不转地回答。

她拿起那杯茶，喝了点。看看镜子里的自己，那彩花发带把她的脸衬得像个女大学生。

录音室的幕布上开始放《绿衣》的毛片。玉子的扮相,尤其是那发式和神态,太像少年的母亲那张照片。少年心事重重地倚在侧门上,一会儿看看银幕,一会儿看看乐队前的玉子,看傻了,心里什么主意都没有了。

他走了几步,转向门。在光亮可鉴人的油漆木门上,他看得见自己的脸和身影,他年轻的脸,那一缕微微有些卷曲的头发。不知未来为何物,但是,也许他正值一生最倒霉的时候。工头说他太瘦,不能做搬运工。工头说大家先吃最后几天小日本的面,他劝少年还是摆个香烟杂货摊,可能还能混个饱。

听了工头这话,少年很害怕。

少年的头慢慢抬起来。阳光照在木门上,风铃在摇响,不对,是他的错觉。那边,那么多乐器都在被乐手准备着,都在进入同一种状态。他的手痒得可怕,他的圆号,借给了新来的人。他的喉咙里涌满了音符,为了那梦里之人,音符变得咸苦,如一股强劲的狂风,牵引着他的魂,在屋子里飞翔起来。

山崎导演的身架子很适合穿西式指挥的燕尾服,那双手也适合戴着白手套。他说,"这些日子把该补拍的镜头都做完。"他对乐队说,"这首主题歌放在最后做,做完合上声带,负片就可以下厂了。"

他向玉子示意,"乐队已经几次排练,玉子小姐也已经准备好了。"

玉子向他莞尔一笑,说,"谢谢山崎先生费心。"

山崎敲敲乐谱架,举手示意,玉子也在麦克风前站着,她朝前半步,觉得位置正好。她拉拉自己的衣服,摇摇有些发酸的头颈。她的眼睛溜过去,乐队的圆号手换了人!一个中年男子,看来那个少年真是早被撤了做搬运工!她有些愠怒,条件反射地看玻璃窗:那儿什么人也没有!那个奇怪的少年呢,那个有一双湿湿的眼睛的少年呢?

"玉子小姐!"山崎敏感地觉察到她的神情,叫她。她朝他一个点头。他的那戴着白手套的双手抬了起来。

音乐响起。玉子半闭上眼睛,她明白必须尽量用胸音,乐音师知道如何调出她的音质效果。于是她柔美的嗓音滑进情意绵绵的旋律。

　　你我惜别,茫茫人海。
　　暮色朝阳,海盟山誓。

又到了这最后一个回旋。她事先从来没有想,但在这时自然地唱出了一个切分,就是那个圆号手吹出的节奏。

绿袖翼兮，非我新娘。

少年在录音室外。他本来悄悄倚墙躲藏着身体，这时他听到玉子的歌声响起，不由自主地朝前两步。透过玻璃，凝视玉子的侧脸，他像第一次看见她时那样，不知自己魂在何处。

玉子唱到那关键的一句，少年的眼睛睁大了，他的心拼命往外跳。他用拳头堵住自己的嘴，不让自己发出声音，不然他害怕自己会高声欢叫起来。就在这一刻，他对自己说，他这一辈子心里绝对装不下别的任何女人。

乐队乱了，山崎的手停在半空，满脸诧异地转过头来，而玉子双眼低垂，卑歉地看着地面，全场僵持。

山崎脸皮涨得通红，他看得出来，玉子恭顺的眼神是假的，她挺直的身体装满了背叛。他止不住大吼一声："××母狗！"

全场哗然。人们都看着玉子，她却依然微笑着，那模样很陌生，真像是有个什么魂附身。她的眼睛那么亮晶晶，似乎完全没有听见山崎的侮辱。

所有在场的人都惊奇地僵住了。

山崎火气大得出奇，手都开始发抖。其实他有意推迟到最后才来处理主题歌的录音，就是有点预感：他心里暗暗害怕这个场面，害怕玉子身上暗藏的不服气的傲骨。他认为玉子面临电影的最后合成，总会为自己唯一的一次的明星机会着想。可今天还是出现了他担忧万分的场面,他怒不可抑。

玉子在一片静穆的压力中,脸色变得苍白,但是她眼神镇定,镇定得过了分。山崎抓住自己的头发,对自己咕哝:"看来片子是做不完了!"

他刚说出口,便听见了爆炸声。摄影棚是隔音的,没有听见飞机来临,但是爆炸声过大,还是听到了。

看门的老头一下子把门拉开,原来外面早就响着震耳欲聋的警报,他冲进来,喊道:"飞机来了,快进防空洞!"人群轰的一声慌张地站起,往外奔去。整个乐队和录音师放映员一哄而散,到处是夺门而逃的脚步声,还有不由自主发出的恐惧叫喊。

第六章

　　山崎掏了根雪茄抽上，完全不看四周一片混乱奔跑的人群。真是的，平日怎么没有发现，他的这个已经拍不成电影的电影厂，竟然有这么多的人？他吐了口烟。

　　这男人的气息，玉子最熟悉就是这雪茄。她脸上有了生机，站了起来。这局面来得突然，似乎是在回应她对自己一瞬间的纵容，一来就天塌地陷。

　　她对山崎说，"山崎先生，快走！"

　　山崎凶狠地打断她："我们日本人不怕美国飞机！"他见过飞机轰炸的阵势，虽然只是在无数次的想象中完成：早在春天那场病后，他对飞机的憎恨替代了恐惧。

　　玉子差些被人撞倒，不过她不在意，她迈过往屋外冲的人影，看着山崎，走近他。在全场的混乱中，她耳旁是炸弹爆炸声，感觉录音室在抖动，不是感觉，而是真的在抖动。可不，在她脚后三四步路远的地方,屋顶泥沙震落下来。她若是慢一步,就该被洒一身。

"山崎先生。"玉子含在嘴里的话未往下说。

"我知道你心里恨我!"山崎的声音反而不凶狠了,眼睛鄙弃地盯着她的背影说,"既然如此,你还在这儿干什么?"

玉子转过身来,朝他近了几步,口齿清楚地说:"错了。既然山崎先生艺术第一,那我玉子就不能艺术第一?"

山崎抬起眼来仔细打量玉子,从她的头瞧到脚,像第一次看见她一般,然后掉过脸。他抚摸着椅子的扶手,脚在地上打着节拍,嘴里说:"好,好,艺术家,唯我独尊!"他绝望地叹口气:"可惜了,我们的这部电影!"

录音室的玻璃被震碎了,屋子摇晃起来。玉子惊慌失措,她的身子跌在琴键上,钢琴发出一连串奇特的音符。山崎还是不动声色地坐着。那个叫小罗的少年在推门,门被翻倒的乐谱架挡住,无法推开。玉子回头看时,他正透过门缝向她比画,她当没看见一样。

这时少年已经推开侧后门,奔过来,拉起玉子的手。可能是急上了劲,他不知哪来的力气,一把将玉子连拖带拉地架走,他从来没想象过自己有这么大的勇气。

玉子几乎被少年架在空中跑到屋外,他动作坚决,甚至野蛮,弄痛了她。她叫了一声,便止住了叫唤,跟随他跑向侧门后搬运工用的小门,奔下一级级石阶。

在防空洞快要挤满时,少年把她赶了进来,加固的钢门在他们身后硬挤着关上。

防空洞并不大,也不够深,外面和上面都是土层和树枝,可是里面人挤得紧紧贴住。幸好是夏天,衣衫单薄,总算要进来的人全进来了。大人捂住孩子,孩子在啼哭,母亲把乳头塞进孩子的嘴里,眼睛恐惧不安,不敢看那洞口方向。

防空洞的钢门顶端,有个黄黄的电灯,罩了铁丝,昏暗的光束照着每张苍白的脸上。爆炸声在停了一分钟后又响起,灯泡随着爆炸声,大摇大晃起来,好像炸弹就在防空洞上面爆炸似的。

人们惊叫起来,玉子也害怕地叫起来,本能地一把抓住少年。少年很窘,拼命往里处一个空隙挪动,稍微让开了一些,很奇怪地盯了她一眼。一人动,就会牵连第二人动,两人动,就会弄得好几人动。少年刚才一路上那么激动,这时反倒安静了,不过很惊慌失措。玉子讨厌挤在身边的气味,她的身体与少年推在一起,不得不像一个当姐姐的,装着什么事也没有似的。

玉子想对少年说:"别怕。"她未说出口,因为又一个炸弹爆炸在头顶炸开,洞子里的人都吓得叫起来,少年一把抓住玉子的手,玉子本能地一身抽搐,两人面对着面,全身都颤抖,他们的身体突然被人挤成一块。当惊恐过去,她想挣脱开去,却又被人群把她和他压倒在一处。这时她的颤抖比他的猛烈,连牙齿都在打战。外面炸弹响声越响,洞里人越是往里乱挤,两人身体越靠越紧,她握住了他的手。就两秒钟，一股气流融入她的手掌心。

防空洞里的空气渐渐稀薄，咳嗽声此起彼伏。谁也看不清楚谁。

玉子和少年就这样贴着，在黑暗中只感觉到对方的皮肤，他们的脸颊互相擦着。

渐渐爆炸声听不到了，他们互相听见对方的心跳，心跳声越来越强，互相呼应着，一扣一击，一扣一击。玉子单薄的连衣裙，只是简单地遮住她的身体，他们贴紧，身体各个部位都粘在一起。玉子的面颊紧贴在少年的脸，气息吹在脸上，她感觉到少年从未刮过的胡须，柔软如她的嘴唇。

她开始半张开嘴，喘不过气来，抱住少年。少年的双臂，原先垂着，后来尴尬地半抱着玉子，突然也把玉子紧紧搂住。

第七章

警报解除了，钢门一开，人们像打开的鸽笼，从空气浑浊的防空洞冲了出去。但是玉子和少年依然僵立在原处没有动。大部分人根本没有看他们，只有个别人跑出去时，好奇地晃了他们一眼。

空气中的确有硝烟味，满映摄影场附近有个军工厂被炸弹命中，火正燃烧。救火车尖叫着赶去。

也有炸弹落在街市上，有平民伤亡，救护和灭火工作混乱。有人指着弹片上的俄文字喊道：

"是俄国飞机轰炸！"

"俄国人打来了！"

防空洞只留下这一对人，依然眼睛半闭着紧贴在一起，两人都激动得透不过气来。听见街上的呼喊，闻到门口吹进来的空气，他们像是慢慢恢复知觉似的，渐渐从一种浑身哆嗦的甜梦中醒过来。

终于，玉子醒了过来：发现自己竟然抱住少年的头颈，而少年紧紧抱着自己的腰,她顿时满脸羞红,挣脱开他的怀抱。一转身,就朝洞口奔去。少年也反应过来,跟着她跑出洞口。

少年仿佛在叫她,她听不清楚,也不想听。她讨厌自己,刚才那十多分钟——只有十多分钟吗——她竟然做了一件荒唐透顶的事,便宜了这个杂种小子!

山崎说她恨他,她没有那么恨;山崎说她自以为艺术家,她从来没有那么傲慢,她完全明白演员多半靠的是机遇;那么她早就喜欢上这个乳臭未干的少年?不至于!她没有那么经不起诱惑。那么她是为了什么呢?

她自己也无法知道。她往外跑,希望炸弹为她长了一副好心肠的翅膀,没有把满映变为一片废墟。

街上混乱之极,那些炸坍的房屋,躺在路边上的受伤的人,军警在疏通交通要道,路上硕大的广告牌,"新京交通会社"的牌子歪倒下来,危险地挂在那里。溥仪的皇宫前,连同光复路上,全是持枪的日本军人。在他们的保护下,好几批人,可能包括这个皇帝的家眷,匆匆离开宫殿。

少年紧跟着玉子跑,一前一后相离十来步。玉子眼看要被追上,恶狠狠地往身后吼:"别跟着我!"她脱了高跟皮鞋,提在手里奔跑,轻快多了。

少年被一个提着箱子的路人挡住道,不得不绕开,他叫道:

"玉子小姐,听我说。"

"我不要听!"

玉子跑不过少年,被他追了上来。就在这时,他们眼前的情景,使他们不由自主地停住脚步:街道边上躺着人,血从遮盖的布下流出,尤其是那成了焦土的房屋前,烧伤的人黑糊糊的,模样像可怕的厉鬼,哭喊着满街乱跑。

忽然有个女人尖声喊起来:"俄国佬!"

少年不知道那人是在指着他喊,依然在四顾。

一个脸上挂着血的人挡住他的路:"你是俄国人?"

少年停住脚,不知道怎么回答。

"你们俄国人炸死了我的老娘!"

一群人闻声围了上来,抓住他指着鼻子骂。

这些人气势汹汹,让玉子害怕得发抖,可是她的脚把她推向前。

"不,他不是俄国人,他是中国人!"她使劲推开人群,用身体护着少年。

"你快跑!"少年对玉子厉声说,他一把将她推开,若不是身后有人,她就跌在地上了。

"老毛子!"他还未反应过来,一拳重重地击在他的脸上,"打你这毛子!"他摇晃着往后倒。后面有人拽住他,不让他溜掉。

少年想做解释,第二拳第三拳接连打在他的胸口,他塌倒在地上,硬撑着想从地上爬起来。好多男人红了眼地扑上来,朝他身上狂踢。玉子情急之中，张开双臂，用身体护着少年，一边喊："他是满洲国人！"他想推开玉子，她索性把他压在身子底下，人们看见是个女人，无法动脚。

但是有人喊起来："我认识这个女人——这是个他妈的日本女人！东洋人也不是好货！"

"日本军工厂让我们遭殃！"

"小日本兔子尾巴，也快完了！"

冲上来拿他们俩泄愤的人越来越多。两个人互相抱住头，忍受众人的踢打。

少年对压在他身上的玉子说："叫你别管我，干吗管我呢？"玉子对他身下的少年说："这个时候还嘴硬？"说着她身上被人猛踢一脚，惨叫起来。少年一个翻身，把她压在身下，自己承受踢打。

"打这对狗男女！"街上的人又有新的理由继续踢打。

"光天化日乱抱打滚！"

"两条不知羞的狗！"

玉子想推开压在身上的少年，可是她无法动弹，她焦急地叫："小罗，快走！小罗，快走！"

满洲国的警察赶过来，人们依然不肯散开。

第八章

　　少年的衣衫破烂，玉子的头发散乱，扎头发的彩花丝带早已掉了，白连衣裙上全是污痕。警察好不容易挡住紧跟的人群，让他们往满映的摄影棚方向跑。摄影棚的看门老头见到这局面，赶快冲出来，把他们让进去。老头对着人群关上大门，把吵吵嚷嚷的人们挡在门外。

　　他们赶到录音室，这里安静得出奇，这儿没一处被炸弹袭击。玉子松了一口气，手里提的皮鞋落在地上。皮鞋被踩得扁扁的，跟也被踩掉了。她把两只鞋子相对拍，叹了一口气，穿上脚，朝自己的化装间走去。少年也跟了进去。

　　玉子累得喘着气靠墙坐在地上，还上气不接下气。少年也往地上一坐，未坐稳，身体不听使唤。过了半晌，他才坐起来。他们两人互相看着，忽然互相指着对方，笑起来。不过少年站起来，看镜子，发现自己头发被血凝结成一缕，他的笑容收住。

玉子挣扎起来，翻抽屉，找出一块扎头巾，撕成两片，就给少年包扎好脑门前的伤口，伤得不深，只是破了皮，但是满脸青肿。

他们推门进录音棚，这儿静得可怕，只有大幅银幕挂在场子里。全厂的人，都不知道去哪里了。

乐器和椅子东倒西歪，室里全是一场逃离劫难的各种痕迹。少年在地上发现了他的圆号，便心疼地拾了起来。玉子将一把把歪倒的椅子扶正，她发现银幕那边，空空旷旷的地方，坐着一个人。她走近些一看，是山崎导演，他的脚下扔了无数抽掉的烟头。就在他抽掉这些香烟的过程中，他的脸瘦了一圈，头发也似乎长了。

玉子倒呼一口凉气："你竟然一直在这儿？"

山崎苦笑一声："俄国人宣战了，俄国军队进入满洲，日本败局已定。"他的声音不大也不小："这是早晚都有的事，不过来得突然一点而已。"

玉子没听见这话，她还在想，在她走出和走进这录音棚之间，山崎怎么会有如此大的变化？

山崎看到这两人没有表情，他吼了起来，"你们为什么不高兴？中国人都去庆祝了。"他指指西边，那里好像传来哄闹的声音。"中国人在开会，说是地下工作人员出来组织，要接管满映协会，已经开始看管所有的设备。"

他指指空空如也的银幕，指指放映孔，愤怒地说："东方最好的电影设备就这样被抢走？强盗！"

玉子本能地用手挡住自己的裙子的血污，这是她的洁癖。山崎所说的事来得突然，别说电影拍不了，连满映公司也没有了。少年听不进去，他催她赶快去裹伤口。

山崎收住一脸自嘲，走近少年。他打量了一下少年，少年不好意思地低下头，这是他的习惯。

"我就知道你喜欢这个小鸡公，真是没错！"山崎一转身，口气淡淡，眼神却充满了轻蔑："当然，你们也算不上中国人，我朝你们说，有什么用呢？"

他掸掸身上的灰，整一整燕尾服的衣领，取下他的白手套，任白手套掉在地上，朝门口走。

玉子愣在原地，看着山崎的背影说："山崎先生，你是知道的，我不是忘恩负义的人。你更知道，我这是第一次演主角。"她的声音很伤感，眼睛潮湿，怕是让人看见，她用手遮住自己的脸。那委屈和绝望是一起涌来的，她着实招架不了。

山崎回头看看她，语气突然柔和下来："看来也是最后一次了。"

他折回到放映机前，取下胶片，放进一个铁盒里，盖上铁盖子。他掉头走了出去，几乎是踩在他的白手套上，玉子的心悬吊起来，"别踩上。"

"你在说什么？"他问。

玉子没有说话，因为他已踩在上面。他走到门口，却回过头来说：

"如果这个世界今后还想得起来拍电影，中国不会给你机会的。可惜，满映发现你是个天才演员，太晚了一点，耽误了你的艺术青春。我请你原谅。"他向她行礼致歉。

玉子在他走出自己的视线后意识到，她情愿相信山崎的这些话，起码他的声音很有诚意。

她往门口走去，脚步不听使唤地在挣扎。她拾起地上踩上黑黑脚印的白手套，觉得精疲力竭，便蹲在地上。那辆吉普车引擎发动的声音，这次听起来温柔雅致，没一会儿，那声音就在尘嚣中淡掉。

不知往哪一条路上走，虽然外面有东西两条道，在她看来，东不再东，西不再西，这日子已到末途。

第九章

　　这么久,没有一人进来,也没有一人离开。这世道变得是人就招架不了。她一直迷迷糊糊地在银幕下坐着,只管自己想着心事,这时听到左边扑通一声响,才往那儿看,发现是少年睡倒在不远处的墙角下。先前定是靠着墙坐着等她,睡熟了才倒地。

　　她站起来,走过他两步,就后悔了,感觉到老天不公,让她一人面对这么一个孱弱的男孩子。既然少年一直在耐心等她,那么现在她非带着这个少年走咯?

　　她回过身来,弯下腰,用手指碰碰这个少年,他忽地一下就像一个弹簧似的跳了起来。

　　她说:"我们走吧,这里没有我们的事。"

　　他们走进玉子的化妆室,玉子从桌抽屉内取出皮包,她看见桌上的胶片盒,挺沉的,她还是放了回去。伸手关门时,突然看见墙上,镜子旁边,有一行铅笔涂描的字,写得挺大,不可能看不见,哪怕是她此刻如此心不在焉。

东京北 群马县伊势崎三里町南向路142号

"这是什么？"少年问。

玉子想了一下："这是山崎导演的字，他母亲的地址。"她凑近去摸字，手指在上面顺字形走移动，喃喃自语："这么说，他到过这儿，写在这里为什么呢？"她绝望地闭上眼睛，是的，她再也见不到他了。

"他是告诉你什么事。"少年说。他想了一下，鼓足勇气说："厂里人都说，你是她的情妇。"他又加了一句，"但是我不相信。"他的口气有些犹疑，还有几分嫉妒，一个男孩的嫉妒。

玉子不说话，她的手指在 "142号"上面划过。从字迹来看，山崎写这几个字时是平静的。

少年转过身来，眼睛火热地朝玉子看。他的手指也跟了上去，却拿起她的眉笔，走到她的身后，在她的手指上调皮地画了个"？"。

玉子拍拍少年的肩膀，解慰地说："小罗，你是小孩。你不懂这些事。"

少年张开嘴想说什么，止住，最后还是说出来："我警告你，玉子姐姐，不准叫我小孩！"

玉子想笑，却笑不出来。空气里有种沉闷的气氛，玉子装着不在意地看化妆台的镜子，却看到少年脸色阴沉地看着天花板。她再去看那墙上的字时，左脚一歪，人就如鸟儿一般坠落在地上。少年一下蹲在她的面前，"伤哪儿了？"

她捂着左脚踝说："被那些人踢的。人要倒霉躲都躲不过，刚才没疼，现在忽然疼得不行。"

他看了看她的左脚，把她扶了起来。

她说，"还行，没事。"

两人慢慢走到街上，玉子额头上沁出汗水来。少年撑着她往前挪步，咬着牙，皱着眉。

"伤得厉害吧？"少年关切地问。

她摇摇头。但是少年不由分说，半蹲下，让她攀到他肩膀上，然后抓起她的腿就背了起来。玉子觉得不雅，但是无法抗拒，因为走路很疼，遇上稍有坡度的地方，左脚就好像已折断骨头一般痛。

他们走在平时繁华的光复路上。虽然那些日本人开的店铺都关着门，人还是比别的街稍多一些，不过皆是办丧一样板着脸匆匆走过。这"办丧"两字一钻入玉子的脑海，她闪出第二个念头——看山崎写在墙上的字后，就是不吉利。山崎说过，"人心所愿，推不过天命。"她是太不懂孰重孰轻。她脑子迷糊了，山崎既然已决定了他的一切，可为什么要写那些字。这想法，让她的心突然好疼，她的明星梦,宛如一个易碎的万花筒。她摇摇沉重如铅球的头颅。

两人拐进一条寂静的小巷子。

丰乐路与复兴路完全是另一番天地,全是欢天喜地的人群。虽是八月份,长春的傍晚凉爽适人,这些人敲着鼓唱着歌,像在庆祝着什么。

少年背着玉子,抄一小巷去看大夫。他们找到一家诊所,医生被家人从楼上叫下来,他长衫布鞋,两鬓灰白,有一把年纪了,但双目有神。老医生仔细地检查玉子的脚后,他对焦急的少年说:"骨头没伤,消消毒,你姐包上药就无事。"

玉子朝少年一笑,顺着大夫的话:"小弟,你看,我说没事吧。"

"大夫是安慰你。"少年说。玉子正要叫老医生给少年看头伤,老医生先她一步叫少年:"你坐下。"

玉子看着医生给他揭开布带,上药,裹上纱布。

"千万别沾水,免得伤口感染,一感染事就大了。"大夫严肃地说,"事大,就是人命关天的事。"

玉子听得脸都白了,少年低声对玉子说:"大夫逗你呢。"

走出了这家看上去毫不起眼的诊所,玉子再也不让少年背她了,她的脚经老医生一捏拿,听到叭叭骨关节响,就舒坦多了。少年这次没有勉强她,他与先前判若两人,变得有礼貌有规矩,虽然双臂扶着她,但身体保持一定距离。

前面就是岔路口，玉子索性丢开少年的手，自己慢慢向前走。

"你没有事吧？"少年问。

"真能走了。"玉子说。

两人说着到了岔路口上，一条路通向玉子的家，一条路通向少年的家。他们停下脚步，也没看对方，几乎同时说，"那就……晚安！再见！"

他们各自走了好几步，回过身来，发现对方也在回身着，都有点窘，便毅然掉过头来，朝自己的那条路走去。

警报偏偏就在这时又响了。他们一愣，停住脚步，转身。少年担心玉子的脚，几乎是飞奔过来，像一个男子汉一样，手臂撑起玉子："我来背你，进防空洞。"

玉子摇摇头，抓起他的手，想也未想似的说："到我那儿去。"这整个一天，她被弄得四分五散的魂，到了这刻像是回到她的脑子里。她也要决定她的一切。好的，山崎先生，既然那第一个音符已开始，当然，一个个音符便会跟上，有快有慢而已。

"满映"厂宿舍是日式房子，有平房，也有公寓，公寓有大阳台，也有两层楼的。一共四幢房子在这条小街上里面，玉子住最里面一幢两层楼的。她的房间在楼上，楼梯在左边，像是后加盖的。少年接过玉子的钥匙，先上楼，帮着她开了门，然后下来背她上楼。

两人进屋来。室内家具完备，不大，但一人住算得上舒服。少年先脱掉鞋,又帮玉子脱掉鞋,才把她扶到榻榻米上。面对一个半躺在室内的女人,他显得手足无措,转身赶紧告辞。

"我还没谢谢你。"玉子叫住他,"你救了我的命。"

"不,是你救了我。"少年吃惊地看着她说。

两人都未能往下说,他们都知道对方说的是遭遇路人袭击的事,又不至于是那件事。

好了,玉子对自己说,回到家后,她才记起这一整天发生了多少事,一辈子也不会发生的事,统统发生了。生平第一次在同一天里经历了对一个人的讨厌到不讨厌的过程,经历了另一个人对她的承认——舍弃——重新承认的过程。她仿佛看见了那个人是怎么做到这一点的,山崎这个名字冒出她的脑子,在录音棚她与他对峙那一幕近在眼前,她与他之间的约定就抛在千里之外,甚至想有多远,就有多远,虽然当时只不过是移走了一寸而已。

看来一切都已结束,或许一切都在开始。她刚想站起来,却右脚踩在左脚上,自己踩了自己扭伤之处,有比这更愚蠢的事吗?她痛得额头汗沁出来,她坐在地上,手捂住自己的脚揉。玻璃丝袜脏又黑,她讨厌自己成了这个样子,忙扯了裙子下摆遮住。

少年在门口,声音很低,"你有酒吗?"仿佛是怕她一时改变主意,叫他立即离开这房间。"很痛,别忍,想叫就叫。"

玉子告诉少年在厨房柜子里有瓶伏特加酒。他拿了一个碗,再取了火柴。他把酒倒了些许在碗里,再把自己的手帕拿出来,这才到了玉子跟前。他抬起脸来，对她说："玉子姐姐，请你别怕。"

"哟，看来你是想医我？"玉子把有点红肿的左脚伸出来，有些调皮地说："我不怕，我干吗要怕呢？"

他双手一抱，作了个揖："对不起了，玉子姐姐。"说完，他把她的裙子往上撩开，把她的玻璃丝袜褪掉，露出一只好秀气的女人的脚。他划火柴，把浸在酒里的手帕点燃。这才把燃着的绿火焰抓在手里，轻轻揉在她的左脚踝上，那火粘在他的手指上，再转到她的脚踝的经脉上，他的手指轻轻地揉她伤痛的脚踝。

她本来咬住牙紧锁的眉头渐渐舒展开来。

她看他的眼光变了，她在他的五官上巡视。他的头发搭了一缕在额前，很俏丽，他的眼睛，不仅仅是湿湿的。这感觉真是奇特！她心里咕哝，这小子真是心细如发，待人怎么像女子一样温存！我恐怕真是喜欢上他了。

第十章

有人敲门,玉子警觉地问:"谁呀?"

"小姐,送热水的!"

玉子让少年去开门,一个中年人脱了布鞋,担着两桶热气腾腾的水,进屋来。玉子让伙计担到卫生间里。她路过巷口时,让老虎灶的伙计送热水,本以为今天会等很久,没想到,这么快就送到。看着伙计往大木桶和瓷盆里倒水,她客气地问了一声。

"今天倒霉透了,要热水的人少。"伙计不高兴地说,挑着两个空桶,拿着钱走了。

"哐当"一声,门关上。

玉子进了卫生间,大约十五分钟后出来,她的脸和头发都湿湿的,她慌里慌张地把自己清洗了一番。少年惊异的神情,她有些不自在,站在柜子前,从里取出衣服,对少年说:"请背过身去等我几分钟。衣服脏了,不舒服。"

少年说:"多长都没问题。"

他侧过身去,窗外仍是一片白桦林,风景依旧,风景也不依旧,天黑得幽深红得淡泊,气温一下降了好多度,风从树林那边吹过来,拂动着卷起的窗帘子摇摇摆摆。他注意到房间里有些布垫,手工做得很细,有意与布垫的颜色相反,红布黑线,黑布红线。墙上贴了剪纸,全是樱花的各种变形,奇怪的是皆成一个圆圈。窗框很洁净,有一根长长的头发丝,他轻轻地拈起来,放在手心上。头发丝不好意思地滑动,他害怕似它跑掉,就握在手中。

玉子关上柜子。背着少年,脱掉脏的裙衣。

少年握着那根头发丝,坐得安静。耳畔是玉子脱衣服的声音,玉子穿衣服的声音,系带子的声音。少年本来看着白桦林的眼睛,在那些声音中慢慢闭合了。玉子打开木柜的声音,她在翻找什么呢?她为什么不到那个卫生间去换衣服,可能是因为那儿太小,她的腿不方便。不过这样的信任,让他心里舒畅。

"好了,小罗,请转过身来吧。"玉子温和地说。

他转过身去,心一惊。玉子穿着那件绿袖绸缎的布拉吉,就是他第一次在化装室遇见她的那个模样,所不同的是:她含着笑,看着他。

"你也换换,身上衣服太脏了。"玉子把一套干净的衣服递给他,不知什么男人留下的衣服。"你不会介意吧?"她大概是看出他心里的想法,有点不好意思地说。

"哪里会呢？"少年腼腆地一笑，接了过来。

"这样吧，我给你准备好热水，你洗个澡。"她转身朝卫生间里去了。

水声使少年心都跳起来，他按住胸口。隔了好一阵，卫生间门打开了，玉子脸上有水汽，她站在那儿，抚抚头发，向他招手："来吧。小罗。"她叮嘱少年："注意头上伤口，别沾上水。"

少年进去了，这窄窄的卫生间就他和她俩，他脸红了。

玉子看看木桶里的水，弯腰把瓷盆里的水也倒进木桶里。她经过他的身边，不经意两人的身体相触，她受惊似的退出卫生间。少年脸红得更厉害，他伸过手去，把门关上。这木桶看上去是讲究的玉子请人专门打制的，高过膝盖，算不上很大，却也可以坐进去。而且水温正是他所喜欢的，不冷不热，比大澡堂的水温还舒服。生平第一次用浴桶洗澡，而且是在玉子的浴桶里。他拍拍自己的脑袋，揪揪自己的头发，有些痛，是真的，这一切的确是真的。这不，干干的毛巾就放在他的右手边的小木凳上，肥皂压在毛巾边上，美丽的玉子还是个细心的女人。

他揭去身上所有的衣服，衣服坠地，他赤裸着跨入浴桶。让身体尽可能浸透在水里，空气里弥漫着一个女子的特殊芬香，他悄悄地，不为人知地喜爱她，差不多整整十年！他闭上眼睛，他做梦也没有想到今天有靠得这么近的机会，真是太幸运。他吞了一口水，连这水都是香甜的。他有好一阵子睡着了。水渐渐凉了，他才醒神，取过肥皂抹洗头发，再仔细地往身上抹，两腿间的那东西胀大，比以往任何时候都大，而且硬。

他站起来，弯下腰看，还是硬硬的，火烧般难受。他用水浇在上面，没用。全身又全浸在水里，什么也别想，没用。因为他眼里心里全是浴室外那个女子。

他一下不知所措，迅速从水里站起来。取过干毛巾擦身上的水珠，准备换衣服，却发现忘了把衣服带进来。他窘得不知如何办才好，玉子听到里面的声音，明白了局面。门轻轻推开一条缝，玉子坦然地把衣服放在门前，少年条件反射地用毛巾遮住自己的下体，满脸羞红，心跳加快。听到她退了出去，门关上的声音。他出浴桶，站在脏衣服上，把那叠得整齐的衣服一一穿上，有些宽大，不过干净的衣服很舒服。

玉子趁少年洗澡的工夫，已经做好了饭菜，正在摆碗筷盘勺。

他忐忑不安地坐在矮几前，上面有几样他看到过但是从来没有尝过的日式菜。他不知道如何下筷。玉子突然想起什么，把遮住厨房油烟的头巾揭掉，从柜子里找出了一瓶伏特加酒，又取了两个酒杯。她拿起洋火柴，往一个瓷烛台上半截蜡上点火。

"烈酒，"玉子高兴地说，"你们老家的。你倒酒吧。"

听到这话，少年手里倒着酒，心里很惭愧：他没有喝过伏特加，他只喝过中国的"烧酒"，他不喜欢那味道，绕过自己面前的酒杯，可玉子拿过酒瓶，给他斟上了。

玉子举起杯子,碰了一下少年的杯子,刚要说什么,突然,警报又响起来。他们就什么也不说,喝了一口,少年呛了起来,但是玉子喝了一口,却觉得很满意,一口就喝完了杯子里的烈酒。

"你去防空洞吗?"玉子问他,却没有等他回答,自己说了下去:"我先前在小学教过书,考进'满映',多少年,一直让我给李香兰小姐——就是山口淑子——当中国话的配音演员,当远景背景的替身演员,还有危险场面。只要不拍到脸的镜头,就是我演。有的脸看不清的无镜头,哪怕是正面,也是我演。人家是大明星,大红人,忙!"

"她的歌也是你代唱?"少年好奇地问。

"如果是中国话,就是我唱。后来,要我一句一句教她中国话唱词,直到她会自己唱为止。"

少年想想,说:"那么,凭什么让她做大明星?"

玉子不想回答这个问题。"也没什么不好,我不是日本人,这仗就打不到我们身上。"她想起少年的话,坚决地说:"哎,凭什么要我躲防空洞?"

"我也不去防空洞,"少年说,"你不去我就不去。"

"我在哪里,你也在哪里?"玉子微笑地问少年。

少年看着她的笑容,傻住了,不知说什么好。"你怎么做,我也怎么做。"

"那么你的酒?"玉子说。

少年看看杯子，一口喝了下去，脸马上绯红了。这个少年羞涩天真的脸容，让她看呆了。她以前做过小学教师，还到一个孤儿院代过课，虽然孩子们可爱，但着实觉得男童实在吵闹的慌，有一次甚至故意大冷天在门前泼水，让她滑一跤，她装作不在乎，心里却很恼火。因为有那么一种经验，她很不想自己有孩子。在她多次"恋爱"中，她的不育，而且她对不育似乎反而高兴的态度，让男人们都觉得这女子性情不够贤淑，而男人却是要传宗接代的女人。她回想自己第一次恋爱，他与她分手时，一个男人家哭成泪人。而她呢，哭也哭，但时间一长，就淡忘了，谈不上伤心。第二次恋爱到了应当结婚时，双方都停住了：男人等着等着，看她就是怀不上，也就理直气壮地离开了，她觉得连被抛弃的权利都没有。至于山崎——她的思绪在这个名字前打住——他们不是恋爱："遇上"这个日本导演时，她早已不会爱上任何男人了。

她从来不知道，美少年可以如此让她心动，刚才无意中在卫生间瞧见他一小部分裸着身体的样子，她险些晕眩过去。想起防空洞里的情景，她的心又乒乒地跳了起来，觉得无法把持住自己了。

两人开始吃菜，可是玉子一点没胃口。这种既饥饿却吃不下去的感觉，是以前从未有过的现象。她的心开始乱跳，她脸色和嘴唇变得红润，不知该怎么办才是。她已经很久很久，很多年了，没有这样的感觉，她兴奋得头都晕了。

少年多半是个处男，她明白，以前都是男人发疯，她尽量自持。这个男人不会做任何主动的事,但是两人不能再这样紧张下去,连屋子里的空气都打了个结,难受得透不出气了。唯一的办法,她来解开这结。这么一想,她就想走开。

她真的站起来,往卫生间去。关上门,去看门后面挂着的一个圆镜,上面的水气已滴成一线往下淌,她伸手去抹了抹。镜子里的人,像是她,又不是她。她取过牛骨梳子,慢慢梳着头发,这几分钟,她把前生后世都梳了一个遍似的。这个世界正在崩坍,凭什么她不能喜欢一个男人,哪怕这个男人是一个少年?她记起少年说,他就是那个调皮的小男孩,在那个沉闷的孤儿院。她摸摸自己的脸,终于搁下牛骨梳子,打开门,静静地走出来,静静地经过自己的坐位,坐到少年身边。

"其实防空洞倒是个好地方,"玉子鼓起勇气,握住他的手,她觉得是她的手在颤抖,也可能是他的手在颤抖。

"我真怕。"少年想抽回他的手,但是玉子这时反倒比先前握得紧,她担心自己会改变主意。

"怕什么?"她问。

"怕你不再出现。"

"就刚才我走开这么一会儿?"

少年点点头。

"别怕,"玉子的头偏在他的耳边说。"在防空洞里你就一点都不怕。你那么死拉活扯地要我去那里。"

"我现在也不怕！"少年强硬着嘴，"要你去那儿，也是为你好。"

"当然，我该谢谢你才是。"玉子轻轻对着他的耳朵说，嘴唇几乎擦着他的脸颊，"你就是不怕摸我。"

"我没有摸！"少年抗议，要跳起来。

"你摸了，到处都摸了，"玉子一把抓住他，毫不留情地说，"你还让我摸你：你差一点就像炸弹要爆炸了。"

这下子少年再也无法忍受，他把玉子推开，不高兴地说："你欺负我！你作弄我！"

玉子脸上强笑着，手放开了。心里对自己说，停止吧，现在一切还来得及。她准备照这个想法说了，可是她却说："瞧你这样子，怎么就跟我第一次见到你的样子一样。"

"你那时注意我了？"少年惊喜地问，"'吹错'那次？"

"就是那次，五个多月前，像个受气的孩子，手脚都没放处。"玉子看着他说，"弄得我心里不是个滋味！"

"那时，你就喜欢我？"

"是你喜欢我！当时你看我那个眼光，你那么看我哪像个男孩子？！"玉子脸红了，不说下去。少年也羞得不敢接话。他拿起酒瓶给玉子倒满一杯酒，也给自己的杯子倒满。

他举起杯子来，像是在想词似的，却一口干尽。"我说了，你别笑我。"

玉子听他太一本正经的口气，笑了起来，"你说，我不会笑你。"

"你的眼睛太像我的——"少年停住不说，见玉子温柔地看着他，他才有些害羞地说："跟我母亲的眼睛几乎一模一样。"他闭上眼睛，"美得让我掉了魂！从见你的那天开始！"

玉子移动身子，靠近他，"你说的是十年前？"

她是打趣地说话，想不到少年却认认真真地说："就是，就是十年前。"

"但那时你只是小学生。"玉子惊叹起来。

"从那时起，我一直只爱你一个人，没有爱上过别人！"

她生气地说："不开玩笑，你不干这杯，我可不饶你了，我真的生气了，这酒也不会喝，这菜也不吃。看你怎么办？"她说完，果然背过身去。

窗外传来飞机引擎的轰鸣，高射炮开始脆裂地撕破天空。突然一声猛烈的爆炸，似乎就在近旁，整个房子震动了，窗玻璃开始碎裂，只是因为贴着纸条，才没有碎得飞溅开来。

少年把手中的酒杯子一扔，将玉子一把抱住，压在身下，她呼吸困难，大张开嘴。

过了一会儿，少年才放开了她。她剧烈地咳了起来，两人都咯咯笑了起来，笑这个炸弹给了他们运气，他们的身体亲昵地靠拢，两人搂抱在一起。

玉子抚摸着少年的浓密的头发，问他："十七了吧？"

"再过两个月就十七。"

"我明年就三十四了，你的双倍年纪。"玉子说，"不错啊，你还记得生日！"

"孤儿院的人说，我的衣服上写着出生日期，是我妈写的，还有一张我父母的照片，可是我从来没有见过我妈。"

又是一阵爆炸，他们并不害怕，借这个理由彼此搂得更紧。少年的衣服太宽，一抱领子就松了，玉子本是抚摸他的颈子，却摸到了他的后背，他的前胸。少年的皮肤很光滑，像个女人，但是他心在猛地敲击肋骨，敲到她的手心上。

她说："看来我只能当你的妈，不能当你老婆？我们年龄不对。"

少年想想，一清二楚地说："我只有你。你什么都要当。"他一把拉开她布拉吉上的腰带，解开了她背上的扣子。"你不愿意当什么，现在就说，不然就晚了。"

她挺了一下身子，她的绿袖裙子从她身上落了下去，露出依然青春美好如玉雕一般的身体。她说："我也只有你一个亲人，你也什么都得当：当我的儿子，当我的弟弟，当我的男人。"她没能说得完，就被他的亲吻堵住了嘴。

高射炮的声音，响在远远的地方，没过十几秒，近处也有火球闪耀着强烈的淡红色光芒。幽蓝中发黄的天空，炮火像一朵朵煤烟。

炸弹却落得远了，有一些闪闪的火光，在还没有染尽的暮色中。

改天换地的隆隆炮声里，依稀听得见外面有人在暮色中忙碌地拼命地奔跑，叫喊着什么，那急急的脚步，经过他们的窗下，竭尽全力地喊叫，呼喊着亲人的名字。

屋子里的两人，双手相交，眼睛里只有对方，身体里只有对方，欣喜万分地露出笑容。

火光照得整个城市如同白昼，照着那些绝望逃命人的脸，也照着屋里的两人，他们的身体下压着的衣服，都没来得及抽走，那绿衣上的飘带拖曳在地上，他们的身体悠缓地起伏波澜，他们的呼吸，却越来越急促。少年的手紧紧抓住玉子的手，生怕这一场梦会不经他同意就溜掉。

玉子在榻榻米床上叫了起来："快，快，快给我！"

"给你什么？"少年不明白。

"你从来没有碰过女人？"

"就你一个。"少年把头抬起来，"只有你一个。"

玉子听到这话，声音几乎沙哑了。"快给我！"

"怎么给？怎么给？"少年着急了。

"别停，"玉子焦急地说，"你别停就行，马上就会给我的。"

少年还要说话，突然说不出话来。他的脸色都变了。他昂起头，嘶叫了一声，然后头倒在玉子的头发中，全身抽搐着说不出话来。

玉子也发不出声音，她闭着眼睛，双手把少年的头勒得紧紧的。

她终于睁开眼睛,正好看见窗口的天空中开满了降落伞的白色花朵。她叫唤急促起来,以为自己性兴奋过分,出现了幻觉。可再看,发现一切都是真实的,她的灵魂在离开,她索性什么也不顾地闭上眼睛,甜滋滋地叹了一口气。屋子里暗了下来,榻榻米床上,两个人的身体依然抱在一起,不想分开。几乎只是一会儿的停顿,他把她压在身下,她张开嘴,激动得想喊,却发现他看着她,第一次在她身上这么看她。她将脸害羞地偏向一边,身体却与他贴成一体。

窗外的花朵也消失了,变成密密麻麻的机枪声。放鞭炮一样,噼噼啪啪响得欢,持续到天完全黑下来。

八月九日,第二颗原子弹在长崎爆炸。同日,俄国军队六路攻入东北。

整个远东爆炸声震耳欲聋。这些枪声中,有一声响动比较轻,来自那个日本首脑住的豪华公寓里。那是山崎修治,他坐得端正,背挺得笔直,穿得整齐——一身烫得服帖的和服。他手上拿着锋利的武士刀,那古色古香的刀鞘依然挂在墙上。

他认真地看看刀刃,掉转了一只手,左手换到右手,把刀放在桌上。将桌上的半截熄灭了的雪茄,用打火机点燃,他抽着,长长地吐出一口气,按灭了雪茄。将刀拿了起来,一手解开自己的和服,一手握住刀柄,另一手也放在刀柄上,准备往里刺入。

如一个真正的武士那样剖腹自杀。他想了半天,大概觉得过于矫情，挥手把刀扔在地上。

他起身从卧室拿出他的手枪。重新坐下后，用左手试一试心脏跳动的准确位置，然后用两个手倒握住枪，抵住心口，大拇指扣住扳机，深呼一口气，猛然开枪。

他的视觉散成碎片时，好像看见一个女子的眼泪流了下来。

可惜他看不清她的脸。

他如一个重物哐当一声倒在地上，血如自来水管一样朝外流，顺着桌顺着垫子，顺着他的头朝向的门方向流淌，在一双女人的木屐前减缓速度，只是犹疑了一阵子，便从木屐下面穿了过去。

玉子的脸上有泪水，她在这天夜里梦见山崎自杀了。她惊叫着从梦里醒来，一头大汗，她用枕头的一角抹去眼角的泪水，把手托在脸颊，想象他死的整个过程。她看见他写在化装室墙上的字，从那以后，结局写定，不可改变。

少年抱着她，他一点都不想知道，她是如何看待山崎的。不过，就是从这天开始，他再也未提过这个日本导演的名字。

在山崎自杀的那个下午，有人给玉子递来一个大信封，里面装着一个黑皮夹子。她看着窗外，天空阳光灿烂，大雁在飞，柏桦树葱葱绿绿。山崎的信上说："这当然是一个钓鱼者的结局，希望不是整个岛国山水的结局。在原子弹和俄国军队坦克之下，日本成为奴隶民族，不再需要电影。"他自拟为那屏风上画着的渔翁，信写得带着几分禅意,漂亮的毛笔字,看上去既遒媚又挺拔,如"颜筋柳骨",他想最后留个艺术家印象。

"伊势崎!"她脱口而出。那地方在他的信里再次提及,那次他进医院,快出院时曾对她说过,在东京北郊,在关东山地的边缘,它秀丽而古朴,一半在泉水淙淙的山坡上。

街上不久就开始使用新的货币——俄国军队的军票。那个傀儡满洲皇帝溥仪,与他手下的几员大臣未能如愿以偿逃到日本,却被俄国军队押往西伯利亚。而整个日本被美国军队占领。整个世界在剧变,她没有时间寻思会有什么样的变化。她低头看墙,蚂蚁围着那墙和木框爬着,恐怕这可怜的小动物也明白自己的处境,这满映宿舍,一幢幢房子突然变得陌生,与周围的人一样陌生,只有自己的家,她越来越熟悉。

她独自一人去山崎导演住的公寓周围走了一圈,这个旅馆现在住的全是俄国高级军官,门口守卫森严。看到满街人惶惶的脸色,她奇怪,为什么她的心不慌?罪恶的蘑菇云,能把一个两个巨大的城市,连同无穷的忧虑一道带走,并长久保留,血流成弯弯曲曲的图案,也能把一些人的忧虑消失,让另外一些人永远忧虑下去。她回到家,拎了一桶水,拿了抹布,开始打扫房间,跪在地板上擦灰尘。

一身都是汗,来不及烧热水,她用冷水洗了身体。

洗完后,她擦干一头湿发,打开柜子,找衣服时,看到那鲜美的绿衣有点皱了，便将衣服烫好，放进一个包袱里。这刻我就能做到不忧虑，起码我这么裸着身体做事，一点也不觉得不对劲。

少年外出找工作，答应天黑前就会回来。她应当穿上衣服做饭，试了一下，很别扭。谁说过，在屋里就得穿上衣服！她一个人望着对着墙笑了。

柜子里有不少漂亮的衣服——这些做明星的衣服，大多是山崎送给她的；还有几件和服，那是专门用来讨山崎喜欢的；还有最家常的阴丹士林蓝布旗袍，简单得如扯了两块布直接缝上，穿上这样的衣服，就是个家常的中国女人，只在意油盐酱醋。

所有这些服饰都把她变成一个特定团体特定年龄的女人。她不是，她就是她自己，什么伪装都不要。

她拿起围裙，往头颈一挂，就开始做饭。要是少年回来，看到她身上只有这么一块布，会怎么样？他马上熬不住要亲热一番！想到这里，她自己先气喘得无法忍受，在屋子里来回走着，不由得拉掉围裙，紧抱住榻榻米上的布垫，抚摸自己的脸，弯成曲线的身体一阵阵抽搐。

翻了一个身，她那黑黑的长发披散下来，与布垫的红白两色，形成强烈的对比。她嘴唇湿湿的，轻轻咬着自己披散下来的头发，她摇摇头。我这是怎么啦？我是爱男人，还是爱我自己？恐怕都爱！我爱恋爱中的自己，我怎么到这一刻才成了一个真正的女人？

第十一章

　　这个喧闹的九月多雨,到处都是湿漉漉的,天一晴,蛞蝓也从草丛里跑出来见太阳光。拂晓时,下了一夜的暴雨转小,雨水如丝如帘,滴沥沥挂在屋檐下。也许就是因为催眠的雨声消失,少年从被窝里钻出来,起来把窗帘拉紧一些。晨光映出他的身影,他一转身,光线仔细勾画出他的挺直的背、微微有些凸出的臀部和修长的双腿。

　　声音使玉子半醒过来,她摸着少年睡的地方,没有摸到他,一下子吓醒了。她撑起身子,慌慌乱乱地轻声喊:"小罗,你在哪里?你在哪里?"

　　少年赶快从身后抱住她:"别慌,我在这里。"

　　她幸慰地叹了一口气。"快,快进被子里来。"

　　他打着寒噤,被她的裸身紧紧抱住。

　　"瞧瞧,凉着了吧。我给你暖暖。我以为你已经又要出去打小工了。天还没有亮透。"

"又不是冬天,只是大清早有一点凉而已,我还没有这么不经事。"他轻轻笑起来,"以前每个冬天,把我可给冻死了。我最怕过冬天。"

"现在呢?"

"抱着老婆就是暖和!今年过冬天,我就不会怕了,冬天越早来越好!"少年得意扬扬地说。

"老婆就是给你暖被窝的人吗?"她揪了他一下。

"哟,你别虐待我,"他叫了起来。"老婆还有别的用处吗?"

"没有别的用处?"她说,"那你怎么又不老实起来?"

"你才不老实!"他说,"你好意思!"

"没脸没羞!你每天夜里要几次!"她咬住了他的耳朵。

"快一个月了,你还是像第一天夜里!你想要整死我。"

"那就死吧,"她长叹了一口气,愉快地微笑起来,"死在一起多好!"

过了好一阵,两个人的身体才湿淋淋地分开一些,各自伏在枕头上。但是手握着,彼此舍不得把眼睛移开。

出了什么错?好像一辈子没有这么碰过男人。实际上,她算是经历最多的女人,也是最能对付男人的女人。从少女时起,就有不少男人追她。似乎一辈子与男人做戏,虽然有好几次弄到被凌辱的地步,但是大部分时间,都能应付男人。她知道在床上满足男人,是女人的天职。她呢，却从来没有感到多少快乐：弄得上下水淋淋黏糊糊，怪不舒服的；有时是让她讨厌的，她只是忍受着男人的欲望要求，在这个乱世换取自己的一点生存所需。

隔了一会儿，少年把头埋到她的胸前，依恋地咬着她的乳头。他的卷发扰得她痒痒的，忍不住笑了。她一生从来没有现在这样的感觉：一想起自己怀里的少年，心里马上涌上一股又酸又甜的水，又涩喉又滋润的滋味。他们俩永远没有疲倦，永远想两个人缠绵在一道：这种感觉太奇怪，实在是太美好。

她遇见过优秀的男子，干大事的英雄，人人敬畏的权势者，但是她好像从来没有爱上过这些男人。以前她以为爱过，现在她完全明白了，她从没有爱过。跟这个好害羞的少年，她真正是在初恋，恋得心痛，每一刻都听得见她的魂魄在歌唱。

天一亮，玉子爬到少年背上，翻开他的头发，他额头上的伤口早结疤好了。她爱恋地抚摸上面的痕迹。然后把乱蓬蓬的头发理顺，声音轻柔地说，"唉，我在巷子里碰到的中国女同事，都不理我了，她们咬我背脊根，说我是东洋女人血性，天生下流。"

其中有人当着她的面骂："猪狗不如，禽兽！"但是她不想对少年说，怕伤害他。那一天她为此吃不下饭，当时少年还以为她生病了。后来就学会了避免侮辱的办法，远远看见同事就躲开。她还是要做她自己，不管别人怎么评判。

少年一下全醒了，睁眼看着她。

她的神情很自然，略带点伤感。她说："其实我对母亲没有印象，因为我恨她抛下我。"

"这么说你有印象。"他倒精灵，把她的心思扯开。

"我十岁时，父亲说她死了。但是我知道她终于跟人跑了，没人告诉我，我也清楚。我每天都担心她会离开我和父亲，每天害怕她不会回来。所以，她走掉后，我恨她瞧不起父亲，丢得下我。父亲本来就是终日喝酒赌博，他继承了一点家产，但生性懦弱。母亲一走就更加自暴自弃。经不起折腾，家就败了，有一天父亲喝醉了，冻死在雪夜中，离家门就几步路，没人发现。"

玉子抱着少年，叹了一口气。"我那时十六岁，也就是你这般年龄，就开始当小学教师。"

"就是你来孤儿院当我的老师的时候？"

"我忘了孤儿院是第几个学校了，反正到哪里都是我一个人，一辈子一个人过惯了，早就准备一个人过到老，一个人悄悄死去。"玉子沉思地说，"没想到现在碰上了你。"

"觉得可以过另一种生活？"少年反问。

"聪明的孩子！"玉子刮了一下他的鼻子，"而且与你说这些心里的话。"

她从未对人说过父母，在她进"满映"前，她发了誓，彻底忘掉那个家。她真的忘掉了。到这个早晨，她对少年说起父亲，特别是母亲，她想起母亲蹲在地上，一字一句地纠正她的日语。那早早落定的尘埃，莫非是被少年爱她的手拂起？多少年前那个三十多岁的俏艳的女人，唱出的歌能让自己唯一的女儿心酸，或许该是个好母亲。

少年亲吻着她的肩膀，安抚着她。隔了一会儿，他说："其实我好羡慕你。"声音非常忧伤。

"为什么？"

"毕竟你见到过父母，还记得起他们。我只是一张照片。"

"从小就是孤儿。"玉子抚摸少年的脸，"所以，我才如此待你。"楼下有人在走动，远处狗在吠。她喃喃自语："天说亮就亮了。"

"我真不想天亮。"少年说。

"我也不想。"

少年问玉子："你渴吗？"

没等她回答，他就去给她倒一大杯水，好像知道她有喝凉水的习惯，那水凉凉的正好。

这一整天玉子都在恍恍惚惚之中度过。少年吹圆号，那音乐，在市嚣声里飘荡沉浮。她在给少年剪头发之前，他本是吹完了，可那曲子在她心坎上缠个不停。

"把它卖掉，如何？"少年左手指着桌上的圆号问。

"那可是你音乐老师的礼物。"玉子说，"真的不后悔，卖掉？"

"识货之人还是有的！也许能让我们度过几个不愁盐米之日。"

他们开始是说说而已，结果以此为由上了街。本不是想卖的，本就是想让身体分开一阵，想走出房子——两人的空间之后，感知对方是否还是那个人。结果进了一家店铺，拿出圆号递上时，玉子不同意了。

"没圆号，你会心疼。我们吃少点吃粗点。"

"留着也没用。"少年很坚决，他让玉子等着，独自折回店铺。

大约五分钟不到，玉子看见少年快乐地出来："我终于可以请你吃一顿饭了。"那天晚上，结果他们走来走去，又到了那家面馆，就是在空袭那天，他们无意间去的那家餐馆，不过这次他们面前多了一碗牛肉和两个鸡蛋。

终于玉子伤感起来："没了圆号，我再也不唱了。"这种伤感也影响了少年。他们身上仿佛浓罩着整个城市的灾难，步子变得沉重。

他们慢慢走着，雨点打在身上，她伸手接，他也伸手接，惊喜地说："下雨啦。"她把手指放在嘴里，独自体会雨水的滋味，然后她跑了起来，跑得很快很猛。

她跑在这个灾难频频降临的城市中，雨水来得正好，他追了上去。在这一刻，玉子突然停住，靠在一堵爬有藤蔓的老石墙上。两个人都跑得接不上气，但是身体朝对方逼过来，他揽过她的腰。她踮起脚尖，深情地吻起他的额头，呼吸着他剪短的头发，她的吻最后落到他的嘴唇上。

玉子同每天一样，很早就醒了。见她动了动，少年本来松松地抱着她的身子，一下抱紧。少年抽抽鼻子嗅：她裸露的双臂贴着他的脸，有一股好闻的味道。

"哦。那么厂里的日本人呢？"少年问。

玉子说，"真怪，我们俩好像是天天接着往下说。"

"就是。"他说。

"就是。"她说。她仰天对着天花板，叹了一口气："日本人变聪明了，现在尽量不说话。但是我听到日本婆子在叨咕，说我做的事，只有中国女人做得出来。"她起身，从梳妆盒里掏出一个小方镜，照照自己的脸，想明白自己看上去到底是什么样的女人。然后她用手指节敲敲少年的头，"你说我是不是下流的中国女人？"

"奇怪，"少年把脸凑过来，镜子里现在有两个人的脸，"我碰到的男人，个个都说我有艳福，说是我把厂里最漂亮的女人'骗'到手。他们说，'满映'最漂亮的女人，就是全东北最漂亮的女人！"

"你们男人太合算了。"玉子说，"男人风流是有本事，女人风流是杂种天性淫荡。"

"没你说的那么便宜。他们说我是老毛子血，性燥！"少年红着脸说，"前天还有人问我，是不是毛子玩意儿大，能让你过瘾。"

"哟，男人这么坏！"她嚷了起来，双手捶少年的头，好像他是全世界男人的代表。"男人在背后不知把我说成什么怪物了！"

她坐起来，这刻儿才想到，只要在房里，她成日里裸着身体。恐怕她现在真是有点毛病。

她连吃饭的时候，都想做爱，有时只好两个人各自腾出手来拿碗筷，下面还是缠结在一起。连她自己想想，都觉得脸红：简直太不知羞。她一辈子从来没有如此明白，自己是个骨子里需求爱的女人，每一分钟都想好好做个女人。

这样吃饭太难，汤水泼洒，会淋了一身。少年说，"这样，我躺着，你坐在我身上吃，不就行了？上面下面都同时吃。"

玉子吃了两口米饭，停住了："你饿着，怎么办？"

少年说，"你吃到嘴里，喂给我，不就行了。"

"像婴儿？"

"对了。"

玉子吃了一口青菜，俯身含到少年嘴里。这么纠缠着扭动，嘴里来来去去，就两分钟不到，两人受不了，她趴在他身上浑身瘫软了起不来，恨恨地说："你怎么像个老淫棍，那么多怪花招？"

少年大笑："你不已经知道了：我是杂种二毛子，天性淫荡！"

好一阵玉子才平静下来，说："好吧，我们继续吃饭，不然，我们会双双饿死。现在我可想与你一起活。"

第十二章

吃完饭,洗涮完毕。两人洗衣服,玉子用一根绳子在厨房里牵绳子,少年把洗好的几件衣服搭在上面。

"每个人都坏,"少年说,"我见了谁都不想理。厂里已经不发工资,去不去无所谓。还不是自己到处打小工混几个钱。"他拿着瓷盆,转过头来对玉子说:"不过,女人我不知道,男人骂我是半真半假的,背后是嫉妒我,羡慕我好运气。"

玉子理理长发,跟着他走:"那么你自己觉得是不是好运气呢?"

"要我老老实实跟你说?"少年走到卫生间,放下瓷盆。

"当然,你小小年纪,胆敢撒谎?"玉子口气严厉。

"我以前老是想:只有我妈,才会可怜我这个孤儿。现在我老是想,我妈现在可为我高兴了——如果她能看到我们在一起的话!"

玉子听了这个话,站在门后,看着上面的圆镜,一手拢拢自己披着的头发,对着镜子,半晌没言语。

少年摇着她肩膀说,"你怎么啦?我说错话了?"

她回过神来。"没有,没有说错,谢谢你说这话。"她想想,继续说。"或许我真像你的妈,不像你的老婆。也好,这兵荒马乱的年月,也就我们两个无亲无友,相依为命,别人爱说什么让他们去说,幸好这个乱世,没人出来维护道德。不然,我们还不知添多少磨难。"

"我也想,这个日子一直继续下去,就好了。"

"恐怕这样的日子不会长。"她沉思地说。"秩序总是要建立的,道德总是要维持的。""谁也别想管我们。"

"我有过一只兔子,全白,红眼睛。叫白珍儿,我可疼白珍儿。"她说着,走出卫生间,在榻榻米上坐了下来。

"送人了吧?"他站在她的身后。

"哪舍得!"她伸出手比画,"从这么小养这么大,精灵怪的。每天就蹲在门口等我回家。"但是她突然不往下说了。

他蹲了下来,摇摇她的肩膀。

"白珍儿走了。"她泪水流了出来,"他们,哦,邻居说,十有八九被人抓走杀了吃了。但我不相信。因为我有两天两夜没有回家。我知道白珍儿是生我的气,干脆离开了。"

"我不是白珍儿呀,我不会因为你一时不在就离开你。"

"以前我不这么想,现在我不由得这么想。"

少年绕到她前面，看着她的眼睛说："我向你发誓。"

他举起右手，看着她，"我不会像白珍儿，谁也别想吃了我！"他禁不住吻她漂亮的眼睛，但是她没有回应，只是让他吻。

"你怎么啦？"

"好吧，我相信你。"她沉思良久。才说她真正想说的话："看来又要打仗了，原先打的现在不打了；原先不打的现在打起来。万一打到我们头上，要是我们跑散了，怎么办？"

"别怕，我会到处找你的。"他用舌头舔她下巴，顺着脖子往下舔，舔到乳头还继续往下，舔到肚脐还往下。

"找不到呢？"她还在想她的问题。

"怎么会？能找到！"

"要是多少年都找不到呢？"

"不管多少年我都会找下去！"他已经舔到他最想舔的地方，喘口气说，"你呢？"

"你找我一百年，那么我找你也是一百年，"她嘘出一口长气说，"一百年后，我们的灵魂也会找到一起。"

"一言为定！"

"说清楚了？"她把他的身子一把拉上来，看着他的眼睛说，"一言为定！"

他们两人对视，感觉身体在火焰上烤一样难受，尽管今天已经丢甩了好几次，还是饥饿得慌，想更满足一点，想把胃口拎高一些，更激动地大甩一把。

玉子对少年说，"你知道现在我最想看什么？"

"我不知道？"

玉子脸一下子臊红了："我不好意思说。"

少年好奇地看着她。"我们俩还有什么不好说的？"

"那么我就说。"玉子别转脸去，还是有点吞吞吐吐。"你看外面天还蒙蒙亮，淋着小雨，一个人都没有。"

"是啊，天还没全亮。"

"我想看见你从雨中走过来，敲我的门。"

"那有什么？"

"我要你一点衣服不穿，就现在这个样！"

"嗨！"少年惊叫起来。"被人看到怎么办？怎么解释？这里是满映宿舍，周围全是你的同事！"

"我也不知道怎么办，被人看到可就全厂都传开了。我们的背脊现在就被人戳烂了，那时就要被戳通了。"

玉子想，现在她面前若有镜子，她的脸一定红到脖子上了。她说："恐怕我就是想被人看到。不不，我就是想——想害怕被人看到。"

少年不明白玉子的心理，好像太复杂一点。但是他说："你要看，就让你看，别人会不会看到，看到会怎么说，我都不管。我为你什么都敢做!"他高兴地说,"反正我一进来,你就得把我弄暖和!"

说着,他站起来,就光着身子慢慢走过去拉开门。她直起身,如痴如醉地看着。

少年转身冲着她笑了一下,就走了出去,合上了门。他出去的脚步很清晰地传来,一步一步下楼梯,如她的心跳,渐渐急促起来,连呼吸也急促起来。

玉子眼前冒金花,她抓住自己的腿,狠狠地捏了一下,有痛感。这下回过神来。这事是什么意思?这么大一个人怎么就突然一下消失了?

她不由自主地从榻榻米上猛跳起来,来不及穿衣服,就大步冲到门口。

她拉开门:黄昏细雨,外面像挡了一块漆黑的板,雨丝照着门里的灯光,在黑色上悠悠地画出痕迹。她张开嘴,傻住了,这深不可测的暗黑里没有少年。突然,她一头冲下楼梯,冲进雨里,完全感不到雨水淋在裸身上的凉意,至于会不会被别人看见,她想都没有想到。如果这时有人能帮她找到少年,她不会在意。

她在花园找了一圈,还是看不到人。这个"花园"早已没人管,除了树木和杂草,只有野花。她大张开手臂,在雨中转圈,光脚踢起泥水,嘴里叨念:"这怎么办?人没了,这怎么办?小罗!"她叫了起来。

可是没人答应。

"小罗！"她不管有人听见，会怎样笑话自己，索性放大声音叫，"小罗！"

玉子在迷惘和慌乱中，再次回过头来，这才看到少年站在她背后，正偷偷地看着她，也痴迷了。雨从他们头上淋到他们赤裸的身上。

她反身一把就抱住他，狠命地吻他的脸颊。

"你敢跑掉！你敢跑掉！"

"我一直在看你，你的身体在雨中，真是漂亮到了极点。"少年对着她的耳朵气喘吁吁地说，"而且我明白了你的心思：我就是害怕别人看见你一丝不挂的样子，又想让人看见你！"

玉子心里一紧，两人搂在一起，动作那么猛，一同倒在雨水流淌的草地上，泥水溅得满身。他们互相凶猛地绞缠对方，雨水浇淋的身体真的在燃烧，甚至身上都冒出了蒸汽。

他们的眼泪混着雨水流下脸颊，流到紧吻的嘴里，亲吻与眼泪融合在一起，有着魔术般的神奇。时间停住了，终于少年喘着气，仰起头来，高声说："天地作证，玉子天天都是我新娘。"

第十三章

接到通知,玉子立即赶到"满映"办公室。昏暗的走廊已有一长队人,她走到前端,瞅了一眼,前面接近办公室的地方有位子,有一排人候着。

"看什么,排队去。"负责维持秩序的士兵朝她吼道。

玉子只好快快地折回,排在队尾。她是出门准备买菜时被人叫住的,她想回家通知少年,但想起少年比她出门还早,说是去他自己房子那边取东西。

在队列中坐了一阵,玉子不如来时那么心慌意乱,心里只是牵着少年,他可知今天总算有人要解决这满映厂的事了?队伍里没有人跟她打招呼,都躲着她似的。她也没心思跟别人说话。

室内,桌子前坐着一名俄国军官,留着小胡子,穿着笔挺的呢子军服;他的右手坐着俄国女翻译,船形帽戴得很神气;左手坐着的人,是共产党领导的东北民主联军政宣部的接收代表,地下工作者,以前就在满映,他中等身材,四十来岁左右。门口站着两个卫士,一个中国兵,一个俄国兵。

他们正在处理"满映"留下的大批工作人员,主要是精简,没法养那么多人。目前没有拍片计划,经费困难,发不出工资,能遣散的尽量遣散。有汉奸也要清查出来。有用的人,主要是技术人员,可以加入新成立的东北电影公司。两人看名册前,就基本上统一了意见,有嫌疑需要盘查的,已经做了记号。

走廊里人们坐着排队,异常安静,除了个别人在交头接耳,大都在想自己的心事。队伍推进得很慢。偶有人出来时面露喜色,甚至也有兴奋得蹦蹦跳跳的人,大多数人只是点点收到的几个钱,沉默地走出去。

到中午,才轮到玉子进去了,她被指定坐在面朝办公桌五六步远的一张木凳上。她认出,面前的这张大桌子是从录音室弄来的,桌边上有好几个重叠在一起的印痕,那是放烫茶杯弄出来的,录音师不会那么大意。中国民主联军代表对俄国军官低声说了些什么,翻译对玉子说:

"你是日本人,叫中井玉子。"

玉子忙说,"不不,我是中国人,我叫郑兰英。"

"说清楚点!"中国民主联军代表训斥道。

玉子吓得不由得去看这个中年男子一眼,觉得他有点面熟,他应该就是"满映"的人。但玉子又叫不出名来。这人给她支个陷阱,但究竟是朝中国那边说,还是朝日本那边说,她糊涂了。她现在懊悔已有很长一段时间完全不跟社会接触,不知道局势了。

"呆看什么?"俄国女翻译说,"赶快回答。"

玉子急忙低垂眼帘,今天是怎么啦,她心里一急,话出口就更支支吾吾:"我是中国人。玉子,是这里的同事说顺嘴的名字,绰号,算不得数的。"

翻译在翻译给那军官听。中国民主联军代表盯着她的眼睛,严厉地问:"可登记名册上,写着中井玉子。"

"伪满的日本厂长说这样写,方便一些,对他方便而已。"玉子感到一脸僵硬。她想挤出笑意,可是她未能做到。

俄国军官和民主联军代表互相交换了一些话,他们让翻译说:"'满映'拍摄的最后一部电影《绿衣》,就是由你主演。虽然没有做完发行,但你既然是中国人,与日本人合作,而且是主演,就是汉奸!"

玉子急忙辩解说:"我一直是个配音演员,跑龙套的角色。"

中国代表说:"全公司都知道,你是日本黑龙会特务头子山崎修治的情妇,是他破格提拔你当主角。"

玉子突然想起来,这个男人好像"追"过她。不过那样的男人太多。他一定记得那过去的细节,可她记不得。

玉子琢磨他的话,才明白了一点:"我是日本人,我母亲是日本人。全公司都知道的。"

俄军军官说:"你现在怎么改口了?你改口也晚了!"

只是她几乎在这一刹那变了一个人。"不不,我真是日本人。"玉子站起来,按日本女人的方式鞠躬行礼,并且改口说日语。

俄军军官早就不耐烦了,右手轻拍了两下,断然做结论:"这个女人,按汉奸论处!"他不想再讨论此事,伸手去拿下一个案卷。

突然门被推开,冲进来一个人。房里四个人都吓了一跳,俄国军官急忙拔手枪。卫士连忙扑上去抓住那人,按倒在地上,一看来人是一个细高个少年,他们面面相觑。

玉子从凳子里站起来,少年仅朝她点了一下头,便转向一脸怒气的俄国军官。少年显然在外面偷听,而且有些胆怯。他清清喉咙,结结巴巴地用俄语对俄军军官说话。他说得很急,语气明显是在求情。

那个中国代表听不懂,女翻译对他说:"这个男孩说,他有确凿证据,证明这个女人是日本人。"

少年从怀里掏出一个黑皮夹子,他把皮夹子递给俄国军官。给俄国军官看里面有一些日本金币,一个金手表,还有一封信和一个日本城镇地图。俄国军官本来站起,便坐下来仔细看其中的纸片,女翻译在帮助他读。俄国军官听完,对翻译说了一句话。

女翻译这才给那个中国民主联军代表解释说:"拉尔柯夫中校让我告诉你,这是满映理事长、日本导演山崎修治自杀前留下的信件，写给他在日本家里的母亲，说知道家中一切安好甚慰，带信的这个女人叫中井玉子，是他在中国娶的妻子，日裔，虽然他自己即将辞世，他让母亲收留她。"

俄国军官又问了少年几句。俄国军官对女翻译说了一通，她对民主联军代表说："自杀的日本军官，话能不能算数？你看呢？"

玉子静静地看着那位中国代表。那位代表明知她在看着，却装着视而不见，脸上丝毫也看不出表情来。他说："这个女人，如果不算汉奸，我们留她无用。"他说话的速度明显放慢，似乎在考虑该如何择词选句似的，也是在看俄国军官的反应，似乎对方也大致同意，他才继续往下说：

"现在我们暂时不拍故事片。今后中国人拍故事片，也不会用半日本人做演员。"他看看玉子，皱着眉头说，"哪怕有电影拍，她年龄也大了。她在日本有个去处，就让她去吧？"他看着玉子，玉子也看着他，这男人聪明，知道顺水推舟，良心也不坏。可是她还是记不起他的名字。幸好她对所有对她"感兴趣"的男人，从来没有傲慢轻侮，从来是给软钉子时，也递个笑脸。

俄国军官说："那也干脆，日本特务理事长，自杀死有余辜，现金手表等战争掠夺所得的财产没收。这个日本女人，遣返回国。"他把山崎修治的黑皮夹子，连同信件，扔到桌边，挥手让玉子过来拿走。

玉子走过来，拿起黑皮夹子，赶快鞠躬感谢，朝后面的门退去。山崎导演给她留了这封信,但是她从来也没有当一回事,除了第一回看时,都未看过第二回。只是觉得山崎有点奇怪,有时心里对他有点歉意。这个日本厂长好色有名,情妇多得很。而且,她从来不觉得自己会愿意嫁给这个傲慢的日本人,永远做他的家中女仆。她可能是最后一个,可能就是对最后的女人心中不忍吧?

最近一段时间,她的脑子似乎一直装着现世的快乐,有时高兴之余,会和少年一起翻翻过去尘封的记忆,做女孩和少女时那些忧伤,就是未想过未来怎么办。

现在这封信突然把她从一个中国人变成日本人,免了被当汉奸惩处。少年肯定是听到情况不妙,赶紧奔回去取来的。他动作真快,而且不忘记把金表钱币一道交上作为证据。她本来把表给了少年,手表是贵重物。少年不贪财,他大事上脑子很清楚。

她走出房间,走廊里人并未比刚才少,人们可能听到里面的声音,都好奇地看着她。

看到人们的眼色,玉子这才想起来少年还站在那里没有动。她回头一看,少年还在房间中,而且退路被俄国卫兵挡住了,他正在犹疑,那个俄国军官已经站了起来,指着少年的鼻子吼叫。

玉子一看这个局势不对,挣扎着要重新冲进门去,却被中国卫兵往外猛地一推,跌步翻倒在走廊上,门哐当一声就关上了。她赶快爬起来打门,"开门,开门,我要进来!"走廊里满映的同事都围上来看,女人们在窃窃私语。

那个女翻译推开门走出来，猛地一把推开玉子。"里面那个男人，是个与日本人合作的俄国人，我们也要审查俄奸，不管你的事。"

"他是中国人，大名叫李小顺！"玉子大叫，"他不是俄国人！"

"不要妨碍我们调查给日军做特务的白俄，"女翻译一干二脆地说，"放过你，就已经是开恩！"

"他是我的——"

"他是你什么？"女翻译皱皱眉，语气凶狠起来。"不要不知羞耻。我们一清二楚，你们非法同居很久了！战争期间，我们没有工夫跟你论诱奸少年罪，已经便宜了你。"她厌恶地转过身。"快滚，少废话。"

走廊里等着的男男女女都轰然说起话来，玉子不想听他们说什么，她只是知道没有一个人会站出来为她说话。隐约她听到人们在咒骂，大部分是女人的声音：

"你，我们整个妇女的耻辱！"

"真是太不要脸！"

"你真不知道你的名声有多臭？"

"做出来的事情，哎呀，不能提！"

"道德败坏，简直无耻之尤！"

"婊子都不如！"

从走廊那边过来两个俄国士兵，把玉子硬拖拽出去。她拼命挣扎，大哭大闹起来。但是她迅速被拉到院子里，那里正停着一辆卡车。

"满映"公司被遣返的日本人，拖着大包小包，正在排队上车，大多数是妇幼老人。看见俄国士兵抬着玉子过来，大家都让开。士兵像扔一麻袋粮食一样，把玉子重重地扔进卡车里。

玉子脑袋撞在汽车的铁板上，撞开一个口子，晕死了过去。等到她醒过来，汽车已经驶出上百里。她周围已经不是满映的日本遣返人员，而是长春什么机构的日本人和家属。她觉出疼，钻心的疼，伸手去摸头，发现裹着绑带，绑带渗着血。她看着手指上的血，把头扭过来，背对车窗。

两个守卫看紧着门，玉子从他们那儿知道，她是他们押送的遣返的日本医院里一个伤员。

国民党军队的坦克，正隆隆穿过整个城市，这是1946年春天。四平战役以后，国民党军队迅速推进到北满。

天气转暖，迎春花纷纷开放。那个留小胡子的俄国军官，从吉普车上下来，还是披着呢大衣，走向长春监牢的办公室，准备向国民党警察局长与他的助手交代监牢的事。监牢原是张作霖时代建的，日本人全部拆了重建，钢筋水泥的建筑，经得起轰炸或重炮轰击。

警察局长在这个优质的监牢，四下看都瞧了一眼，心里想这个地方当监狱未免大材小用，应当做军事据点。

他和助手一前一后回到办公室，阳光铺了一房间。俄国军官已走到门口，被助手引了进来，两人客套地握手。警察局长坐回自己的位置，喝了一口茶，草草翻看已经剩下不多的案卷，大部分是刑事犯抢劫犯之类。他看到少年的案卷，封皮颜色都不同，是纯黑的。

"这个是俄奸，你们怎么不带走？要判刑，得你们判。"

俄国军官哈哈大笑。他说中国话不流利，不过一清二楚："这个人，只有中国名字，算什么俄奸？他是个汉奸，由你们处理。"大概是房内气温高，就脱了呢大衣，里面的制服，使他看上去很精神。他的呢大衣顺手搭在椅背上。

"这里不是写着是俄奸？"中国军官说，"案卷全是俄文。"

但是俄国军官已经在看窗外，他的吉普车已经向这幢办公楼驶来。他转身握手，走出门又回来，原来他忘了他的呢大衣。披上大衣，他就快步穿过过道，推门，那吉普车正好停在门外，他跳上去，车就开走了。

中国军官朝窗外望望那辆吉普车，厌恶地把案卷丢开。他端起茶杯，喝了一口水，站在窗前沉思。

"怎么办？"他的助手走进来，规矩地站在他背后问。

"监牢再好，现在不是养犯人的时候。这个地方应当做兵营——你先把案卷清理成两批。能放的都放，本来判了死刑的，尽快执行，俄国佬不想沾手，算是让我们立威，我们代为执行，延续法纪。"

"政治犯呢?"

"他们的政治犯,不就是我们的同志?哪怕汉奸,留下的都是小角色了。你问明情况,留下问题特殊的,其他就全放掉算了。"但是他突然想起来:"只有那个俄奸不能放。谁弄得清那是怎么一回事?万一俄国人改了主意,回过头来跟我们要犯人,我们交不出人,不成了影响邦交的事。"

他放下茶杯,准备离开,又回过头来,到桌前翻开案卷,看看照片,一个俊气的少年,卷曲的黑头发,看不出是哪国人。他对助手说:"谁知道他是俄国人还是中国人?这年头,小心为是,看紧点没有错。单人监禁,不准探监!"

他摇摇头,戴上皮手套,走了出去。

要到一年又三个月之后,少年才走出监牢。他样子不像一个蓬首垢面的犯人,他是"国际罪犯",多少得到宽待,几乎可以说养尊处优,他现在已经不再是过去那个瘦成一条的少年。一年三个月之后的他,长得健壮得多,很有些男子气概了。但是最近监牢伙食越来越差,肚子都吃不饱,释放他或许不是事出偶然。

也许因为他"地位特殊",出狱时,管监狱的班长,找了一套旧军装给他。他觉得军服不方便,但是班长告诉他,这不是国军的军服,国军服装给他是犯法的。这是仓库里剩下的不知什么倒霉鬼的军服，没有徽号，已经弄不清属于哪个来占领过此地的军队。少年知道他没有什么可挑选的，原主人也许被枪决了，但是已经轮不到他来忌讳这种事：能留下小命就不错了。

他忧心忡忡地走在街上，一个人望着长春的天空，他在牢里天天在墙上用笔画着数，盼着早点出狱。这个夏末，城市的街上已经没有什么居民。他快步走到玉子住的满映宿舍，那里住着国民党的军队，原住户统统都不见了。

后花园杂草半人高，一群蜂绕着墙根黄黄的野花飞。从这儿看不到玉子的窗，那窗挂着乱七八糟的晒洗的衣服。

他收回视线，好陌生。这一切，他在监狱里觉得是一场青春孤独的想入非非，现在看来果真如此，什么痕迹都没留下：原本就该知道是个梦。

两棵银杏树皆在，而且树桩下生出新枝。少年几乎不用考虑，便直接朝这儿走。他的房子还在，而且一切如旧。他走近，觉察出房门虚掩着。他记得他是锁了门，那最后一天，他离开这儿时。

小心地推开门，他走了进去。这个贫民区破地方，没有什么人光顾。只是他的破烂家具都被砸碎，大块的都被拿走生火了。他在破烂的家具中翻到镜框，早碎了，照片上男人被人踩得已经模糊不清，只有那女子还是依旧笑着。他取下照片，仔细对折，塞到衬衫口袋里。

那天上午，他因为来拿这张父母的照片，才回到这儿。结果邻居告诉他，满映厂今天要决定每个员工的去向，他很着急，如飞似的赶回玉子的房间报信，打开门，玉子不在。他想也未想就去了厂里。

他在门口打听那些受审查的人，知道要查中国人的汉奸，边忙奔回玉子家去，翻找到那个令他讨厌的山崎修治留给玉子的黑夹子。那个黑夹子竟然救了她，但也让他从此失去了玉子。

这么前后一回想，好像度过了半生。少年闭了闭眼，这一瞬间，他突然想回到自己儿时在冰上转圈的时候，快乐的笑声曾经穿越满洲几百里的冰天雪地，他好想那种日子，泪水湿了他的脸。

满映的摄影棚。瞧上去静寂得连一个鬼都没有，门窗挂在铰链上吱吱呀呀地响。少年穿过录音室里，玻璃窗还是一年多前被飞机轰炸时震碎的，连碎玻璃都没人清扫，但是所有的器械都被拆走了，满墙乱挂着电线头，像女人的头发。

他推开玉子的化装室，梳妆台已经被拆散，留下一些抽屉桌腿。墙上的镜子不知被谁打碎了，少年看到自己的形象：不太对劲，整个人被分割得七零八碎，尤其是那在狱中每半个月都被推平的头发，现在齐齐地冒出半寸，样子特别奇怪。

玉子的椅子早没了，房间里只剩下各种纸片布片。他拂开窗帘，外面乌云弥布，天边漏出几道光亮。他回过身来，觉得空气中还有玉子用过的粉香，他嗅着香味走过去，靠近抽屉气息越浓，一翻看，是抽屉里打翻的化妆品残留在缝隙之中。他用手指甲剔了上来，轻轻地摸在手掌心上，好像摸着玉子人一样。神了，这一点点粉末给他窒息快憋死的身体注入一股热流，他长长地缓过一口气，脸色好多了。这房间，的确有什么东西是他所需要的，非需要不可。

他高兴得拍了一下自己的胸膛，难道这不就是他来这儿的目的吗？

天色已晚，他蹲下身，从衣袋里拿出一盒火柴，点着了，朝小房间角落里看。

果然，那里用铅笔写下的一行字依然在：

东京北 群马县伊势崎……

他仔细念了一遍。他早就背熟了，到这儿来，只是查对一遍：他等了一年多，就是等着这个时间，从这个地点出发。

然后他满处搜索，什么都找不到。只是在墙角的老鼠洞里找到几颗豆子，想了一下，直接放到嘴里香喷喷地嚼起来。

长春又是炮火连天的世界，每天受到炮击。他在监牢里就听见炮声，那里不让躲进防空洞，其实那个地方反而安全。

天上又来了几架飞机。相反，听见飞机引擎声，忽然平时街上看不见的人，全钻了出来，高声嚷嚷着追着飞机跑，没人逃空袭。也不知道这个平时街上几乎见不到人影的长春，怎么还会有那么多居民。

只是空投场每天临时变更,不让居民知道。每天总有一部分居民凑巧猜准了,拼命奔跑赶得过来。每天的飞机引擎声,引来一场街头哄闹:好像长春的市民,随时随地就等着这场每天一次的活剧。

满映制作厂不远的大街,很宽广,附近又有一个公园草地宽阔。这一天,成了临时选中的空投场,早就有多辆军用卡车往那里赶过去,车上的士兵迅速跳下,布置成一圈哨兵线,汽车则等在四角,看着大米包移动方位,等着大米包落下立即抢运。

早在飞机降低高度时,人们就明白了大致方向,沿街狂奔过来。当大米包吊着降落伞缓缓下降时,已经看得到地面上的人,像蜂群一样,望准了降落伞奔跑。少年正好在摄影棚里睡了一觉,起来看到这个场面,马上明白了军队在空投给养,他眼睛尖脚步快,冲在人群头里。

军队远远看见疯狂奔来的人群,就朝天开枪,但是人们根本不管枪声,照样猛跑过来。

还没等人群靠近,指挥官就下令:"上刺刀。"

在人群压力下,哨兵线只是很缓慢地后退,让后面的军车有时间抢运大米包。

少年在刺刀前停住了脚步,但是后面的人还是推他,他胸口顶着刺刀尖,努力往后仰身。但是后面的人顾不上最前面一排人的性命,眼看着几个大米包摇摇晃晃落下来,吼喊着拼命往前挤。

少年焦急地大喊。可是没人听得见他的声音，饿肚子的人，哪里管得上别人死活；那些有经验的人，早就明白不能冲在最头里，应当不前不后正好在第二排。少年刚从监牢出来进入这个换了主人的城市，当然不知道这个秘诀。

眼看着那些米袋一坠地，双方一挤动，突然一把刺刀插进了一个中年男人的胸膛，血喷了出来，喷得周围人身上全是。那个人大喊一声，肚子里的白花花的肠子掉了出来，他一边捂住肚子，一边踉跄着前行；另一把刺刀上来，他一声未吭就跌倒在地上，死了。

少年对面的士兵被惨叫惊动，不免眼睛横看过去，走了一下神。少年趁这个机会用手臂推开刺刀，从两个士兵的中间闪了过去，后面的人马上冲上来。哨兵的刺刀阵被冲垮了，人们朝最前面的大米包狂奔，米包马上被手撕开。

军队放弃了这个大米包，围绕比较后面的几个大米包，又建成了一条刺刀防线，那里的汽车已经开始装运。每天指挥抢米的军官，必须是最有经验、最善于临机应变下决心的战地指挥官。

少年抢到两把大米，往口袋里装，又再抢两把，却被后面的人踩倒在地上。他用手保护自己的头，但是握住米的拳头不肯松开。

等到他终于能站起来，周围是一片狼藉。有人躺在血泊里呻吟，有人在泥里翻寻米粒。他把手里剩下不多的米粒放进衣袋，发现那里的米粒也不多了。

他摇摇头，看看自己身上撕得破烂的衣衫，觉得还算幸运。今天至少能吃到东西。如果自由就是饥饿与死亡，还不如待在监狱里不出来，那里至少管饭。但他要的不只是自由。

他走了两步，看到面前一个老人，侧俯着身体躺着，手臂捂紧胸口喘气。他看清了：这是"满映"摄影棚那个老守门人。当年，俄国飞机轰炸那一天，他和玉子在街上被人们追打，多亏了这个老看门人抢出来让他们躲进厂里。

老头个子大，他背不动，便扶着老头。两人蹒跚着回到满映摄影棚。他在屋角找到几快碎木板，又找到老头的锅子，点着几张碎纸，生起一堆火。

他把米粒从口袋里掏出来，缝底的一粒也都拣出来。煮了一锅香喷喷的粥，两人等不到粥凉下来，就忙不迭地一边吹气，一边喝起来。

一碗粥下肚，老人终于有力气说话了。

"小二毛子，你怎么在这里！大家都以为你被俄国人带回苏联，带到西伯利亚去了。"

"我坐了监牢。"

"哎，一年多了，什么时候放出来的？"

"差不多两年。"少年自言自语。

"你看我，人老了，记不清日月。"

"昨天，监牢没吃的，只能放人了，我恐怕是最后一个。"少年不在乎地说，但是马上接着问老头："你知道郑兰英，就是玉子的下落吗?"

老头惊奇地看着他,"噢,你不知道?!"

少年觉得老头话中有话。"我当然不知道。出了什么事?"

"嗨!"老头摇着脑袋说,"'满映'的遣返人员坐的那艘船,快进横滨港时,碰到海上漂流的水雷,船炸沉了。"老头儿摇头说。"也不知道哪个国家放的,报上说是日本人自己的水雷。"

少年舌头僵在嘴里,半晌才问:"你怎么知道这消息?"

"满映当时全传开了。都有认识的人在船上。虽说都是日本人,当年太神气活现,但是全淹死在海里,也太惨了。其实玉子也不算什么日本人……"

"他们淹死了?你有什么证明?"少年压住内心的震撼,尽量不带情绪地说,在监牢里这段时期,他明白这世界上好消息不会多,坏消息却天天有。

"我好像还存着一张报纸,都是熟名字嘛。"老头说。

少年和老头一起去他的住处,翻了半天,从床垫底下找出一张1946年春天的《东北日报》。报纸皱巴巴,被少年一把抓在手里,看起来,上面的确有大字标题:"新城丸在日本海域沉没。"他看了一遍,对老头说:"大伯,这上面说,少数乘客被赶来的渔船救起,大部失踪。"

"战时凡是没有找到尸体的,全叫失踪。被救起的人,才有个名单。"老头凑近,手指报上的小字的地方:"这儿小字。你看,没有叫中井玉子的,也没有叫郑兰英的。失踪的人太多,就没有开列。失踪就是淹死了。"

"那么消息发出之后被救起来的呢?几天之后活着上岸的呢?"

"这个消息就是几天之后的,你仔细看看。那个时候天天好多消息,报纸来不及刊登。"

不知为什么,他绝对无法想象玉子会一个人往蓝色的深渊中沉下去,她不会的,说好等他的。本来他们就明白,好日子不是给他们准备的,这个世界不会让他们那么容易得到幸福:既然他们有过太好太好的一段幸福,无论如何都应当有一段苦难。所以他被俄国军队当俄奸抓起来,也没有什么抱怨,在监牢里也很有耐心。他知道着急没有用,喊冤没有用,一旦出来,他会有寻找玉子的机会。

因为他们说好,一切要重新开始。玉子不会不跟他说一下的,就落进海水里,落到海底上。这是绝对不可能的事。他们都等着一切会重新开始。

当两人一前一后回到火堆前,少年看着锅里的粥,已经吃不下去,他脸色苍白,整个人呆呆的。

老头拍拍少年的手,"娃子,听我老头说一句不中听的话:忘了她吧。这个女子好心肠,人也长得漂亮。但是人没了,就是没了。这兵荒马乱的年月,好人活不长。"

少年说,"老伯,你把剩下的粥喝了吧。"他不想听这种忠告。

"你们的事,我听说过。"老头子颤颤巍巍地站起来,拉住少年，诚恳地说，"好好找个女人成亲，你们的事，本来就是露水夫妻。哪里会长得了？"

少年站了起来，离开火堆。

"你到哪里去？"老头叫住他，好心劝慰，"玉子已经不在了，你得认命。打了那么多年的仗，能死的人都快死光了。"

少年断然说："不，玉子没有死！她没有淹死在海里，也没有病死，她就活着。"

"你有什么根据？"

少年回过头来，看看老头，他不想告诉任何人他心中的理由：别人不会相信，哪怕是这个好心的老头。他静静地说："她答应过我！"是的，既然答应了，她就不能让大海的巨浪淹没自己。"大伯，你喝粥吧，我这就走了，没法再帮你。"

"还是你吃吧，"老人在火堆前擦眼泪，"像我这样，哪怕今天饱了，又能活多久？"

少年没有留下，他又回到玉子的化装室。擦了根火柴，看了一次墙角。这只是他早就演习好的重新开始的仪式，核对一下，以免他暗背多少次反而弄错，以后他就不可能来核对了。

他把衣服下摆掀起来，那上面写了一行字。跟墙上的地址仔细来回比较，的确一字不错。

第十四章

已经过了半夜,炮火却越来越猛烈,枪声像个吵闹的孩子永远不会停息。东城外的国军阵地受到攻击,附近的难民为躲避炮弹,往城里方向奔跑,少年却朝相反方向走,听到炮弹的呼啸声靠近了,就往墙角处躲一躲。

最后,在一个地方,突然迎面一串机枪子弹,打得墙壁水泥一块块往下掉。他知道走得已经非常近了,只能匍匐在地上,等这一梭子弹打完,才滚到一个安全的地方。

第二天早晨,围城的解放军押下昨天夜里抓的俘虏,其中也有少年。俘虏的服装本来就各式各样,都没有武器,破衣烂衫的少年也并不突出。

俘虏都给一顿饱餐,然后找出有军官嫌疑的另外押走,士兵集合起来教育,问谁愿意参加解放军,每天有好吃的。

问到少年,他却说起了俄语。审查俘虏的政工军官一愣,少年就开始故意说声调不准的中文。"我是长春城里俄罗斯居民。"

那人挥挥手,让少年走:这个人太年轻,不像军官;但是要此人当兵只有添麻烦。搞不清楚这样的人的什么背景,弄得不好,落到国民党手里,还坐实一个"国际干预"的口实。

他一直往南,从北满一直往南走,一路上给人干点零活赚几个钱。碰到有火车时就扒一段火车,但是战时大部分是军火列车,看管得很紧。有一次他扒上军火列车,被抓住,押车的说他有偷盗军火嫌疑,眼看就要被拉到地面枪毙,那边信号起来,火车要开了。押车军官觉得俄国人偷盗军火,似乎没有足够动机,就把他一脚踢开。

少年捡回一条命,还不知道运军火的是哪一方面的军队。反正他不属于任何方面,哪一方面也不要他。这倒是给了他一定的行动自由,不过他再也不敢扒军火运输车。

辽东半岛的铁路,负责保障旅顺港口的供给,依然是苏联军队管理着。少年靠他的俄语跟火车上的俄国乘警套上了交情:乘警听说这个俄国小子是千里迢迢去异国寻找失散的情人,触动俄罗斯人的浪漫情怀,给他一些方便。最后他到达东北的最南端旅顺口,被介绍到一首俄国船上,当厨房里的下手,洗盘子。

终于他到了东京,打听到去伊势崎的火车,就沿着铁路线走起来。在船上他赚了一点钱,他想留着,他已经习惯走路,这几十公里是小意思。玉子会在伊势崎等他,不管她在与不在,他自然会找到她。

但是他有个预感：她不会在这个地方，这地方名字太怪。

究竟是为什么，他不知道。

沿路都是成片成片的废墟，但是到了郊区的一个个小城市，有的一样炸成平地，有的却没有太多的破坏，很像中国东北的城镇，只不过干净得多。他手里有一张地图，上面的日文和中文一样，他能猜，比沿途问人强多了。

这天傍晚，他终于走到了伊势崎，发现这个地方与东京北郊其他地方不一样，有许多废墟。虽然周围景致秀丽，虽然街还像个街，可就是时不时会有个缺口，一大片坍毁的房子让人心惊肉跳。少年嘴里咕哝着他记得的地名，找南向路。好心人给他指近道，过了小石桥，绕河一段小径，上石阶，找到了，一个挺雅致的住宅区。但是在门牌142号的地方，只剩下一大片碎砖断壁，邻近的几个号码也消失了，156号有，138号也有，中间的4个号码找不到了，已经看不清原来的房子格局了。旁边是一个大坑，看来是一颗重磅炸弹爆炸的地方。可能为防止疾病，坑先给填满了。

他问街上的日本人，他们给他说的，他听不懂。他只知道几个日本词，说不通。他找到一个邻居老人，他们互相可以猜写下的汉字。他这才知道，这家人的确叫山崎。

那个山崎修治，怎么会以为他的家完整无缺。少年用袖子拂去一脸汗水,这时清楚地想起山崎修治自杀前后的日子来。当时他和玉子刚在一起,根本未想别人的事。那两年前的8月11日,在广岛长崎中了原子弹后,俄国军队进入东北,山崎觉得自己的一生,随着日本帝国走到了头,日本平民作为亡国奴还能生存下去。这才留下遗书,希望玉子到他母亲身边,陪上一段。他没有把握能说服玉子,也知道自己已得罪了玉子,而且战后的日本也不是令人艳羡的地方,所以留下信,似乎希望玉子会回心转意,报答他的"知遇之恩"。

山崎万万没想到的是日本内阁议和而未决,美军急于保持高压,但是已经没有原子弹。8月13日到14日,出动一千六百架飞机猛炸东京。但东京已经连续炸了两年,除了皇宫之外,只有个别房子还站在原地。实在找不到打得疼的目标,14日下午,漫天乌鸦般的机群掠过东京,转而轰炸至今"没有炸透"的郊区城市熊谷、伊势崎。B—29扔下连串的高爆炸弹,隆隆的爆炸声,一直响到15日天皇广播宣读投降诏书才停息。

在最后一天,炸弹命中了山崎的家。那天他母亲带着弟媳及孩子共五口,躲在花园的防空洞里,一枚高爆炸弹把房子连防空洞带人炸成了碎片,没有一个生还。

但这不是他为山崎家人命运悲伤的时候,他心急火燎:原先有个目标可找玉子,现在这个目标成了空无一物的大弹坑!少年从口袋里掏出一张折叠的纸片,再次核对,没有错:山崎导演的老家正好被炸得粉碎,而且是在世界大战结束的那一天。

他问:"这家人还有亲戚来看望过吗?"

老人写道:"战后混乱,没有人注意来往的人。"

"看到有一个女子——山崎的妻子——来过吗?"

老人摇摇头,问了街坊,都说没有见过。

少年没有离开。

他坐在石坎上,面对阴沉沉的天光。他已经习惯了绝望,反而不容易绝望。他走进废墟堆里,用一根断木翻拣碎砖断瓦,他渐渐走进了原来房子的后部。一面碎镜子映着天色,他走过时,把他的身影投出来。看来这里曾经是山崎母亲的梳妆室,有一台钢琴被炸掉一半。突然,他看到墙上有字,用铅笔写的,娟秀的中文。怕风雨打去,铅笔重重描过:

我回长春去找你

他转过头,看到同样的字,用口红胭脂写的,在另一面墙上。

他再翻过断墙,看到同样的字,用毛笔写的,各种材料写的,依然是那几个苗条的字。本已精疲力竭的他,突然来了力气,他更加小心地察看,终于发现一个断椅子腿下压着一块白布,他取出来一看,上面也是同样的字,这是一条手绢,他的手绢,那天他给玉子用来沾湿酒,按摩她扭伤的脚踝的。的确是她,她还活着。他的手一阵颤抖,想不到她一直把这手绢保存,并且一直带到身边。

不知道玉子在这里等了多久？但等到绝望了，离开之时，她还是坚信他会渡海来此地寻找她。他鼻子一酸，与刚才那强忍着的悲伤立即化为一股浪潮，在他胸中涌动。他使劲忍住不让泪水掉下来。这一刹那，他感到她离他好近。他转移视线：远处轮船往岸上驶来，自由地鸣叫，海鸥们纷纷坠落在废墟上寻食，那种专心劲儿，雷也动摇不了。

只有一点令他欣慰，他的预感是对的：玉子不在那艘沉没的船上，也不在任何不幸死亡的人群中。但是她肯定也不知道他被关的地方：他听管监牢的班长说过，他是特殊犯人，不让探望，不向任何人泄露他被关的地方。玉子如果在他释放前找到长春，人们都会告诉他，他被押解到西伯利亚去了。

他出狱后，怕遇到麻烦，没有去找熟人，实际上他也没有熟人。唯一看到他的，是满映厂看门老头。他知道这个看门老头活不长，没有这个本领天天抢到一把米。那么，如果玉子在他出狱后到达长春，一样无处找他。如果她后来再去录音棚的话，才可能知道他来日本。这个世界太大，他们两个人太小，又是两个无亲无故的人，他应当怎么寻找呢？

他把玉子的手绢贴在脸上，坐下来，发呆。突然站起来，拿铅笔在墙上划起来。

玉子真聪明，知道留下字迹，知道如果他找来，没法找任何人打听，却能看到留言。看到这些字迹，他几乎已经触摸到玉子的肌肤，已经能跟她说上话。在没有找到本人之前，这就是最好的感觉。已经很久了，没有过这样的幸福。

他看着那台炸毁的钢琴，山崎的模样清晰地浮现在眼前：穿着燕尾服，戴着白手套的手，傲慢地向他举起来，"你，大笨蛋，你给我站在门口，好好听着！"少年头一回不害怕他，不讨厌他。他的母亲，自然也有他一样的脸，一个长年等待儿子归来的女人的脸，必然是最美丽的。

一串流水声的声音陡然响起，似乎亡灵有魂。少年吓了一大跳，慌忙之中发现，是他的左手臂不经意地搁在琴键上。

摇摇头，他跨过燃成黑炭的一大块木头，到墙前，拾起一块黑炭，又写下一句话。

第十五章

玉子迎着枪炮声响的地方走去，冒寒风雨雪，千里之遥回到了北满。她的打扮，活脱是个中国农妇，而且是东北遍地都见到的逃难农妇，脸上是霜打日晒留下的累累瘢痕，衣衫已经褴褛不堪，手里挎了一个蓝花布包。想到少年见到她，不知还能不能认出她来，不由得苦笑起来。但是这个模样，至少此刻比较安全。

她知道自己来晚了，但是她头部受伤，在路上又感染了，生命垂危地躺在大连的伤兵医院里，一直没法痊愈。随整个医院运到日本，等到她身体复元到能走长途，已经是一年之后。

设法通过前线进入长春时，她被抓住了。解放军怀疑她是特务，因为没有任何人朝围城里走，去自投罗网，她只说要进城找自己的家里人，一直不知他们的死活。她故意说一口长春郊区农民的口音；模仿语音一向是她的拿手。

"长春城里早就没有吃的。你进去找死？城里的国民党士兵都饿得找机会投降,这里的新兵,有不少就来自城里。"

"有个男人在等我。"玉子说,"我必须找到他!"

"男人?"周围的士兵哄堂大笑,"饿成这样,城里早就没有操得起来的男人了!"

军官大喝一声:"注意纪律!你们这些新兵,真是缺乏纪律教育!不准调戏妇女,明白吗?"士兵这才静下来。

"我的儿子,才十八岁。"玉子低声说,"我担心他。非找到他不可。"

盘问了半天,她坚持说本是长春郊区居民,与儿子失散了。军官上下端详她,但这是一个普通的农妇,没有特别的可疑之处。

最后军官说:"好吧。让你进去。进去不拦出城拦,你哪怕找到儿子,要想出来,就没有那么容易了。"他有点同情地说,"跟你说清楚了:你是在找死。"

"找死我也要进去,死也要跟儿子死在一起。"

军官挥挥手,不想再管她的事。"情况跟你说清楚了。只要不带粮食进去,由你。"

有个年纪比较大的士兵,把她拉倒一边说:"大姐,多带几个烧饼,省着吃,能混几天。儿子干啥活的?"

"搬运工。"

"那更混不到吃的。"他背着人,把几个烧饼塞给她。玉子千恩万谢,把烧饼打到布包里。那个老兵说:"你糊涂了,城里挨饿的人多,鼻子比狗还尖,你这个布包里有吃的,马上就会被抢走的,连命都会送掉。放到衣服里面——不太舒服,至少能供你几天。咳,说不定你的儿子就等着这几口烧饼救命。"

她赶到监牢,那里却说是监牢已经全部腾空,不管什么样的犯人,全部都放了,现在驻扎着军队。她松了一口气,不过她马上明白,事情比她料想的麻烦:少年在监牢里,她或许还能见上面,耐心地等着他出来就行了。现在她如何在淹没整个世界的大海里找一条小鱼?

玉子到少年的房子,那里空空如也,连碎木片都没有了,门窗都给拆了。房前的树全砍了。

不过她没有失望。她有感觉,少年不可能死在枪弹下,也不可能被押到西伯利亚。当她听说"满映"的人乘的那船被水雷炸沉,她就明白,上天给了她这条命,就是让她最后能和少年团圆。

一点也不应该感到沮丧,完全不必如此。她在南湖边,捧水洗脸。对着似镜子的湖水,把掉下来的长发,好好地绾在脑后。

满映摄影棚更破败,厂房有几处被炮弹击中的痕迹。但是厂房建筑牢固,没有崩塌。里面只有一些军人,在厂房构筑工事。他们也看中了这座建筑的牢固。

军人把玉子赶走。她转个圈,从少年带她走过的搬运工后门钻了进去。

她找到当年她的化装室。

她看见少年佝偻着身子,用一支铅笔在墙上涂描一行字。

她揉揉眼睛,只是幻觉。那墙角翻倒的是化妆桌子,已经拆得只剩下一半。但是她蹲下来,就看到,在原来写的地址上面,有一行字:

  我到东京去找你

她看见少年从墙上走了出来。她怕自己心脏会因激动破裂晕倒,可是她没有。她走过去,低头抱起他,他很瘦,饿得没有重量了。玉子从她的怀里掏出保存的烧饼,这才明白少年确实并不存在。

窗外又响起炮火,光闪闪的。她发现破碎的化装台边上有个脏乎乎的东西。她弯下身子,伸手去掏,发现是一个铁盒。上面盖了一层灰,而且盒口锈掉了,怎么打也打不开。她往窗台上砸,砸了好几分钟,才砸开了,从里面掉出一盒电影胶卷。该是她当主角的那部吧?她站起来,拉出一段胶卷,果然,就是那部没有完成的《绿衣》毛片。这是唯一的负片,还没有来得及做任何正片。拉出一大段,看得见她穿绿连衣裙的影子。

她从包袱里取出那件绿色布拉吉。裙子一点没有破烂,绿袖一点没有褪色。她一直保护得非常仔细。

脱掉那件农妇的破衣烂衫,她仔细穿好她的绿色布拉吉。现在,她与电影里的人一样,她又回到与少年在一起的时候。

她扯出一点胶卷,拢成一团,小心地点上火。但胶卷马上暴烈地烧了起来。这个晚上,只能靠这个取暖了。

一把一把胶卷着火,一个为爱情而生的女子的各种形象,她快乐和痛苦的脸,那些擦不干的眼泪,抹不去的记忆,跟着一段段胶卷被火吞没。

这冷得可怕的房间里,那没有配得上去的音乐《绿袖子》,像要给她一个惊喜似的响了起来。依然那么回肠荡气,只是稍带一点哀伤而已。那圆号声加了进来,少年的手指在圆号上移动。

　　心之忧矣,曷维其亡。
　　绿兮袖兮,绿袖治兮。
　　水天同色,飘摇永兮。
　　你是新娘,我思断肠。

清晨玉子从满映后门一出来,就觉得自己被人跟踪了。

这一带她熟,本来她想回宿舍去看看,可不等她去,人就上来了。走过几条街,她仔细看了,身后没人,她闪进一家客栈。

很便宜的一间房,她又倦又困,倒在床上就睡。中午时分,她揉揉眼睛,发现房间里多了一人,这人有些眼熟。

"吵醒你了。"他声音很轻。

玉子吓坏了,这声音让她一下子想起此人就是那个东北联军代表,不错,就是他。她同时想起来,他以前是厂里一个和她一样跑龙套的角色,曾经追过她,追得很灵活,很不像追,一直追到她担任主角做起明星梦为止。但她知道他男人的自尊心一定受到损害。这是她在这城市最不想见到、最怕见到的人,尤其是他手里捏着她的生死之权。"你要把我怎么样?"她坐了起来。

他穿着长衫,反倒比那次审查时穿军装显得精神。不过仔细一看,总共两年不见,他脑顶的头发灰白了。山崎的那个金手表在他的手里,他说的话不难懂,但得费番心思才能懂。她还能相信他的话吗?他得到报告,说是玉子回来了。来人说:"就在她的化装室里。"

"是见鬼了!"他打断对方。

所以,他便打发掉报告人,赶去化装室。他大吃一惊,果然是玉子。于是他跟着她来到这家客栈。"为什么要回来,找那个小毛孩?命都不要了?"

"你不是共产党的地下人员吗?"玉子问。

他说,她回来是自找麻烦。他当初放了她,就是为了给她一条生路。他从来就不是她印象中的那个人。

"如果我不走,得在这儿等一个人,你会抓了我吗?"玉子没有看他。

"已由不得我。"他说,"快点离开这儿,回日本去!这儿谁都知道你是日本人。"

他离开时,把那个金手表留给了玉子,作为路费。

第十六章

驻东京的美军情报分析处,觉得案情重大,只能向美军指挥部汇报。在伊势崎墙上拍的照片,做成幻灯打在墙上。

"这些汉字,不是日文是中文,内容大致上是一个女人和一个男人之间的调情,以及在中国长春,在伊势崎这个地方,来回跑互相寻找。"一个美军军官在解说案情。

另一个军官说:"长春离这里太远,这两个人不可能真在这两个地方来回跑。况且中国国共双方一直在长春周围地区作战,围城很紧,不可能一再进出长春。"他耸耸肩膀,"看来不像一个浪漫爱情故事,真是可惜。"

满室的军官哄笑起来。

"据密码分析员说,这里的文字重复,似乎有规律。多半是交代情况的密码。"他的顶头上司站起来做结论,"疑点是为什么中国人在日本做这样的秘密联系?但是我们实在无法破译,请教东京大学的中国问题专家,也没有得出什么结论。"

"送CIA总部。那里有最新发明的一种叫'计算机'的密码破译器,或许能找出解密线索。"一个负责人模样的高级军官说,"远东局势复杂,小心一些没错。"

老满映的摄影棚正在紧张地装配,火车从外省运回的设备和物质,由一辆辆卡车再运到厂,工人正一箱箱往厂里扛。所有的人都来帮一把:这是一场运动。但是越来越多的人,跑过来看白墙上的那些字:

又去东京

找到你才活得下去

马上就要找到你了别急

找我找我

穿着你的绿袖子

领导来了,就是那个东北联军代表,现在他穿着解放军军服。一进门就看到一大堆人弯腰围看,他说:"你们在干什么哪?抓紧点工作!"

他走近了,人们让他看墙上这些字。他看了一遍,眉头皱了起来:"又是这两个人!怎么又是他们两个人!"

"那么多年，两个人一直在互相找！"有人对领导说，"自从1945年他们分开以后。"

领导脸色有点挂不住，不过他沉稳地说："当初把他们分别处理，也是为他们好。总不能看着他们胡闹！"他想想自己这话，觉得还应当说得明白一点："那是敌我斗争尖锐的年代。"

但是没人听进他的话，而是继续在激动地议论，那些女人已经忘记当年她们对玉子的鄙视。

"两个人就要好成这个样子，倒也少见！"

"小罗疯了。"

"玉子更疯了。"

"现在两人能在哪里？"

"还能怎么着？早就互相找掉了！"

"嗨，也没人给他们通个气，报个信。哎，两个无家无国的人！"

"这个年代，没组织就没依靠。这么来回跑，能找到才怪！"

"男女能爱到这个份上，也值了！"

这些知识分子，就是太容易动小资产阶级感情！领导忍不住嚷起来："同志们抓紧点，赶快抢修好录音室。东北局领导要我们尽快重新拍片，支援解放全国。"

一把油漆刷子沾满白漆，把墙上的字迹全部涂掉了。"这是历史给我们的光荣任务。"领导还在继续说。

第十七章

少年继续往北走。春天了,风裹卷着雨,把树上的桃花全吹落了。泥泞的道路上,他破烂的鞋子满脚泥水,但是他的步子没有停下来。

他坐到一棵树下歇口气,拿出一张照片:还是他父母的照片,只是父亲那一半已经揉烂了,母亲的笑容依然,那是玉子的笑容。她在雪地上唱歌,曲为知己者,歌也为知己者,相遇你的人都会进入梦境。这真是一场永远也不会醒来的梦!他擦擦额头上的汗珠,透过绵绵不绝的森林,清晰地看见,她在唱歌,顺着马车驶过的道路,向他走来,穿着她绿袖的布拉吉。

一家当铺,玉子把那个金手表拿了出来。她等着老板数钱的工夫,看着街上的人在欢天喜庆什么,很多人涌出来。她拿着钱,侧着身从人们身边走着。进入小街,搭上一辆马车。她脱了鞋,涉过溪水，又在往南走。

春天了，她走一路，樱花开一路。鸟儿跟了一路。

她的头发绾在脑后，衣衫换为和服，到了又一片废墟，那又是一个沦为废墟的城市，但是她在一垛半成废墟的墙上，看见了少年写下的字：

你放心我一定会找到你

玉子闭上眼睛，这儿没有她心上人。有家人在作祭祀或庆典活动，源源不断聚集在一起，他们穿着江户时代的服饰，脸上是多彩的化妆。他们一队队，一排排，自动分成二三十人一组，抬着一种神灵。那么多人，唱着奇妙的歌，跃动着舞蹈，那节奏就像波浪起伏不定，有的人戴着面具。玉子知道，那些女人是由男人扮演。不像她，本来是女人，扮或不扮女人，还是一个女人。

她从包裹里掏出她的干净的布拉吉换上。她拿出梳子把自己的头发梳得整整齐齐。面对墙，她坐在地上，手里握着一支小小的口红，在自己的嘴唇上抹了抹，然后在墙上写：

我在这儿
我心上的人，你在哪里？

那是一家农宅，有人病倒在路上，被这家主人好心地抬回。玉子看见几个人抬着人进去，她正好路过，木门对她关上。

哪有这么巧？巧到她与他擦肩而过。这就是缘！玉子明白她与少年现在只隔着一堵墙。她应当去敲门，但是她不可能去敲门。因为一敲门她就会发现，那个病人不是小罗，这种情况她已经遇到过许多次。她明白，要让少年留在这个小农舍里，不让他消失，唯一的办法，是不去敲门，不让这个病人在一刹那间变成另外一个人。

谁也不相信，可那就是事实。不止一次她与他这样相遇。在她的梦里，也在他的梦里，好多次，这样的梦做下去就是活下去的理由，也是在梦之外彼此寻找的理由。这一生，她只能爱这一人——满世界处处无家时，心里有个家，就得感谢老天。

她站在岸畔，河水在她身边静静地流着，她的倒影映在金色的河面上。她弯下身，抚摸着走酸疼的腿，毕竟已经快要找到，他们在对方怀里休息的时候就要临近。这时，她听见寺庙的钟声响了。

篇外 答作者疑难九问

0

关于失去和寻找,关于乱世中的人性,关于姐弟情,以及日本占领东北的最后时期,我与一些朋友用电邮开始联系,告诉他们我准备写这么一本关于"满映"和长春的书,希望能告诉我他们对老东北,尤其是1949年前的故事和人,记忆是什么?

艾晓明(教授):我哪有心思跟你讲故事啊!我忙着给人打官司。你上我们网上看看就知道我在忙什么。今天刚从珠海回来,惊悉我们学校一位女研究生被杀了,我们必须立即做出回应,正写文章呢。你生活在无忧无虑之中,我们这儿,正乱着呢。

施诺(记者):二月下旬,来了土耳其,因先生被调来此地工作。阿拉伯有些国家对外国人不是很友好，这里的气氛有些紧张。街上的警察有很多穿着防弹背心在执勤。连最大的购物中心的入口也都安装了如机场一样的安检设备，所有来购物的人都须先过安检才能进入，我想人们担心炸弹，只是不懂他们到底想炸谁，死的95%以上是阿拉伯人。希望下次你见到我时，我的四肢还在身上，没有掉在这里。

北村（作家）：真有这么巧吗？你问到的这个题材正是我写的一个30集电视剧，2001—2002年已完成剧本，但一直未做修改，不知道投资方何意。不过我写的是电视剧，不是电影。这个题材应该说是很好的，但作者要有绝对的创作自由才好。但我现在资料都不在了，因为实际上已经完成好久了。忘光了。这个题材我感觉在民族性与人性、道德的矛盾性上可挖，但在演员的故事上要注意，因为满映的演员不同于我们现在的演员，也不同于旧上海的演员，是有些像我们三十年前的中国干部那种职业化的，相当初级，农村人而已，没有演员的道德和艺术自觉，一边当演员一边在宿舍下面开杂货店。

高王凌（教授）：我倒希望你写一点关于农村题材的，比如我说的农民"反行为"（我之所以关心《饥饿的女儿》，也是因农村；另外，你私人回忆触及的并不小）。你读过贾平凹的插队回忆吗？附件是我写的一段访谈，也算是一个初步解释。

我现在的一个学生就写了土地改革的论文，很有突破（和你一样，都是从倒霉鬼入手）。

张永琛（制片人）：这是一个很好的点子。好的小说，应该是有"人生如梦，大梦谁先觉"之感，这个点子本身就有这样的意味。如果我选，我还是喜欢做中国人。至少，可以看到有个叫虹影的写出的文字，透着那些怪异的想法。挺好。

I

你知道"满映"（满洲株式会社映画协会）吗？

棉棉（作家）：好像听说过，是不是日本鬼子时期的东西？

邱华栋（作家）：他们拍摄过一部写一个东北农民，老婆被基层干部占了，最后愤而参加日本伪军的影片，是另外一个角度的、特别可笑的"意识形态"电影。

朱渊（记者）：新中国的电影是在满映的基础上起家的，第一部故事影片也是长春厂拍的。

牟森（剧作家）：印象比较深的是来自徐克的一部电影《柴叔之横扫千军》，讲国军在敌后抗战的故事。我记得是一九九三年春天在昆明的一个电影院里看的。印象深的是里面有唱伪满洲国歌的场面，还记得那个歌很"国民党味儿"。

林伟（教授）：一九三六年冬天，我因病住进北平协和医院。家里的朋友，在长春医学院读书的潘君，适逢寒假回北平来探望我，带来了几本"满映"画报，印刷精良，里面有很多中日女影星的照片，其中有李香兰，印象中她挺漂亮的。我住的是单间病室。当天夜里，房门轻轻开了，闪进一个黑影。我刚做过手术，因为疼痛，睡得不好，着实被吓了一跳。在地灯微弱的光下，看清原来是位披着外面是黑色、里子是大红色的斗篷的护士。她悄悄地将放在茶几上的"满映"画报抱走了。第二天清晨我醒来，发现茶几上放着那几本"满映"画报。

梅菁（作家）：如果你去过长春电影制片厂的话，找这点历史很容易：一进去看到的那个楼，据说是日本人造的，按着德国人的样子做的吧。

II

你知道长春作为"新京"时发生的事吗?

王千马(记者):呵呵,真不好意思,我1997年高考时,就历史没过百分大关,99分。

葛红兵(教授):我觉得你可以到东北去看看,体验一下那里的风物人情。还可以去拜访几个历史学者。我那年去的时候,见了一些人,二十几天,感触很多。可惜我现在在海外,手头没有他们的地址。他们肚子里全是故事。

杨怀阔(散文家):我姥姥是吉林人,前几年我们在她结婚时(20世纪30年代)做嫁妆的镜子后面发现有1929年美国的英文报纸和1930年代日本在"满洲"发行的日文报纸。可以想像当时的长春应该是很国际化的城市。

王宏图(评论家):我参观过溥仪的皇宫。和传统中国宫殿很不一样,像欧洲王宫。我还记得大厅中悬着的猩红色的帷幕。新京的建筑格局,仿照法国式样,城市中央一个不太大的圆形广场,几条大道呈放射状向外延伸。

赵毅衡（评论家）：长春作为"新京"当然是耻辱史。但"斯大林大街"之类，反映了另一种现实。不过，俄国人和日本人都给东北的城市建设带来异国风味，这点请东北人无论如何要珍贵。不要任意拆改。哪怕殖民史，也并不是完全没留下一点好东西。

史玉生（律师）：新京政府办公大楼，现在叫"地质宫"，因为后来在这里建成了长春地质大学。伪皇宫，后来周围建了个"光复"路市场，很有名。长春有一些日本人留下的遗孤或未带走的子女，我有个同学就娶了这种人。

孙安白（大学生）：我很想替你找到一些它叫作新京时候的痕迹，于是去火车站附近逛，发现那个时期的房子几乎全部被拆掉。我走进一所，墙壁斑驳，墙围是绿色的，外面墙壁上用红漆刷着大大的"拆"字，里面的人早就搬走了，一片狼藉。伪皇宫的那个防空洞，一年前去的，外面是火热的夏天，里面却是阴冷的感觉，墙壁在出汗，我一个人，顺着梯子爬上去，从黑暗里一点点地走向有光的地方。那时候，我在洞里呼吸，觉得好像生命可以很寂静地融化在这里面。有一点接近死亡。我是个不敢回过头去看历史的人，在这一点上，我觉得男人很勇敢。

术术（记者）：因为我们的报纸叫《新京报》，曾经有人跟我提过新京，说是这名字怎么啦怎么啦。

III

你看过李香兰（山口淑子）的电影或听过她的歌，比如《何日君再来》？

粲然（作家）：我没有听说过。在线上问了一个小资女朋友，她说："废话，和张爱玲合影过的。"一个女性经由另一个女性被发现，有点悲哀。

止庵（散文家）：《何日君再来》我在20世纪80年代初首次听到，邓丽君唱的。我早就知道李香兰的名字。我在香港买到唐文标编的《张爱玲资料大全集》，其中影印了一篇叫《纳凉会记》的文章，记述1945年7月21日在上海咸阳路二号的一次茶会。配有两张印得模糊的照片，其一张爱玲坐在前面，李香兰、炎樱等站在后面，其中有一位是后来写《汪政权的开场与收场》的金雄白；其一只有张爱玲和李香兰两个人，还是张坐着，李站着。文章写道："提起李小姐，她正练习了几支歌后赶来，这天妩媚地穿着黄色旗袍，挂串象牙珠的项圈，头发的式样是：额前高高堆着，后面是梳上去的，有人说像《随风而来》中女主角的那样打扮，娇小丰腴，吐出的话脆、甜，像小鸟样婉转……"张爱玲则说："我听她唱的歌，她好像她不是一个人，倒是一个仙女。"

我没有听过李香兰的歌，对此不能置一词；单看她的样子，未免有些失望，没想到她如此矮小。

陈義芝（诗人）：听过歌，听了引动颓废之思。

朱渊（记者）：听过她唱的歌，听过她唱的卖糖歌和用日文唱的歌。听我父亲在世时说，形象非常的青春和清纯。她在抗战胜利之后曾经被捕，但因她是日本人，不能适用当时"惩治汉奸条例"，所以被释放并于1946年回日本。

刘烈雄（导演）：她的歌我在听，我导演的歌剧《半生缘》就计划用她的原声做背景声。

刘文武（制片人）：民间传说到不了南方。

IV

你对二战时，美国在日本投下两颗原子弹怎么看？

黄梵（作家）：我对战争没什么好感。我以前是学武器专业的，这也是我离开那个专业的原因。问题在于制造原子弹的那些想法，那些念头才是真正的罪恶。

李师江（作家）：算是给日本一个教训。这个民族很变态，没人压制他就会虐待别人。

周江林（诗人）：我认为日本这个民族很有趣，难怪他们的艺术如此剔透。当下的日本太有暴力气味了。山口淑子那个时代正是转折关头。前面是作家笔下的暧昧肉感然后唯美的日本，后来就成为青年末期的暴力日本。他们有各自的美的因素。都有诗意。

张子清（教授）：炸出了日本投降和中国共产党的兴起。

张重光（散文家）：后来听说那两颗原子弹是假的。

于光远（经济学家）：日本当时是这样的一个国家：虽然已被

打败，但是会因为维护军国主义的权威，下不了台。如果战争打到日本的本土，很可能许许多多日本人切腹自杀。日本死的人反而会比死于原子弹的人要多。原子弹的爆炸使得日本人说，这是天意。给自己无条件投降找到一个借口。美国的投下原子弹，对于日本人当然是个灾难，这件事情提醒了全世界人民一定要制止原子弹的使用。我认为，在广岛投下第一颗原子弹国际上可以谅解，在长崎投下的第二颗原子弹就不应该了。这是我个人的意见。

短铅笔（编辑）：用一支枪杀人和用原子弹杀人没有本质上的区别，都是杀人。

木子美（作家）：我童年时看过的广岛受炸的纪录片，幸存者的讲述使我对"阴影"有种特别的认识。

刘雁（编辑）：日本人活该！！

洪蔚（记者）：如果日本人能像德国人一样用更谦逊和忏悔的态度对待二战，我作为人的情感，会战胜作为中国人的仇恨，可惜他们没有。

赵毅衡（评论家）：人总得用一下才明白这东西用不得。美国抢在德国和日本前先做出来了，而且用在正发疯的日本头上，可以说是很糟的事情，不算最坏的程序。日本从此阳刚只出现在电影中，一门心思走阴柔路子。

潘二如（书法家）：没有这两颗原子弹，日本的侵略战争不知何时结束；有这两颗原子弹，对日本的无辜百姓太残忍——但日本人很难让人觉得有亲切感，既然历史已经发生，日本人也还是那种姿态，我们就接受这两颗原子弹吧。

川沙（诗人）：在哪个时候，对于已经疯狂了的日本来说，是最好的"休克"疗法。

Charles Laughlin（教授）：我一向是反战的，也曾经接受过"原子弹结束了二战，救了无数的命"的说法，可是现在我觉得如此残酷没有必要。关于"救了谁的命"的问题。如果说因为原子弹而少死了很多人，我怀疑这指的主要是美国士兵，没有怎么管广岛等地无辜的市民的生命。我反对当时用原子弹，但在二战亚洲战区当过兵的我父亲一直是非常赞成原子弹策略。

V

你认为中国女人穿连衣裙漂亮吗？连衣裙来自俄国，叫布拉吉，适合中国女人身材吗？

刘烈雄（导演）：漂亮啊，好像是在1900年左右就从俄国传来了。有本小说叫《摇曳的教堂》讲得比较多。一部不错的小说。

杨争光（作家）："布拉吉"，这几个字不好听。在很早很早时候的中国，人用草和树叶做衣服，这是不是最早的连衣裙？如果是，就能证明中国女人的身材是适合连衣裙的。看见穿连衣裙的女孩子，我总能想起蝴蝶。

陈染（作家）：如果你问我具体某一个中国女人穿连衣裙是否漂亮，才好回答。你穿就很漂亮。

胡鹏（记者）：中国女人穿连衣裙很漂亮，起码我从小学时就有这个概念了。感觉布拉吉在新中国成立时流行过一段，好像是上紧下松的式样，比较符合中国女人的身材。

苏童（作家）：中国女人穿旗袍最好看，连衣裙不好看。

姜汤（散文家）：中国女人穿连衣裙会普遍不好看，因为中国女人不高，身材比例普遍不好，连衣裙会强化她们的缺点。

阿美（作家）：大部分很漂亮，因为中国女人很苗条。连衣裙更自由，更符合现代女性，而且也很性感。

颜峻（评论家）：连衣裙既不符合中国女人也不符合俄国女人的身材。事实上我就是不喜欢它而已。

棉棉（作家）：我小时候穿连衣裙的时候，我妈妈都叫它布拉吉，现在才知道是俄语的叫法，我妈妈那时是俄语老师。

洁尘（作家）：连衣裙的要点是胸部要比较丰满，腿部线条要比较修长，这一点，中国女人比较吃亏。

刘璇（记者）：漂亮。那种轻飘的感觉让人浮想联翩，裙子下的身体，比皮裙、超短裙什么的更性感。

方梓（散文家）：能穿上旗袍的女人，还有什么不能穿？东方女性的身体曲线比西方女性来的柔美，透过连身裙会有不同的风味。

王宁（教授）：对于身材比较好的中国女人来说，当然是漂亮的了。但大多数中国女人的身材不那么理想，所以干脆不要穿。

远虹（记者）：小时很向往长大，其中一个原因就是可以穿布拉吉。当时舅妈姨姨们有穿的，很羡慕。20世纪80年代去德国，才知道那是老太太们最喜欢穿的东西，越老越要花。

Antonneta Becker（记者）：《花样年华》，一个心绪，一款旗袍，就此可以写一本书。俄国服装行吗？

盛可以（作家）：我觉得挺符合的，中国女人身材娇小玲珑，穿起来更漂亮动人。

春树（作家）：我喜欢连衣裙，不过都是紧身吊带连衣裙，布拉吉好像是20世纪50年代的时候穿得多，我看过照片，都挺清纯的。

沈浩波（诗人）：很难看。大部分女人穿起来很难看。原来是照俄国女人的体形整的，难怪。

张森（编辑）：我个人的感觉是不好看，不合中国女性的身材，短腿的中国女性应该还是穿旗袍好些吧。

赵毅衡（评论家）：连衣裙当然漂亮，还亏了是"苏联老大姐"发明。在20世纪50年蓝蚂蚁中容忍了几点亮色。我记得叶圣陶儿子的回忆录，说他小时候看到丁玲穿着布拉吉来他家，眼睛火花直冒——手中无书，出处可能全错，不过完全可以理解，那时的旗袍很松垮。

张涛（记者）：我觉得女人穿这个很美，另外也能满足男人的偷窥欲望。

彭伦（记者）：苗条姑娘穿什么都好看，穿连衣裙当然很漂亮，尤其是风吹起来的时候。

魏心宏（编辑）：连衣裙很好看，符合中国女性的审美要求。

杨葵（散文家）：大部分中国女子穿连衣裙都不太好看。

李敬泽（评论家）：当然不漂亮，你见过俄罗斯女人就知道那裙子是她们穿的，她们那么高大。

老猫（散文家）：很好看。中国女人是蒙古人种，臀位低，腿短，这种裙子正好把这个缺陷掩盖了。但它经常让男人看走眼。

尹丽川（作家）：中国女人是长条的，还是旗袍好看吧。不过部分女人穿什么都漂亮。

马兰（诗人）：汉、宋中国女人穿连衣裙，满族的旗袍其实也是一种连衣裙。

VI

你是否认为恋爱中的男女年龄需要一样大，若有差距，应该是多大才合适呢？

粲然（作家）：我觉得男人要比女人大十岁以上才合适。我们俩这样智力出众的女人，跟我们年龄一样大的男孩子会有代沟的哦。

棉棉（作家）：我比较容易爱上比我大七岁以上或者小七岁左右的男人，我对年龄跟我差不多的人没兴趣。

李师江（作家）：都可以，年龄差距多大无所谓，看感觉。

颜峻（评论家）：不需要一样大，差距不要大过年轻一方的年龄就行了。

尹丽川（作家）：没有界限。大十来岁，恐怕是充满诱惑的。

张子清（教授）：按照传统和生理，女小男大比较合适。

杨争光（作家）：恋爱中的男女年龄差别小也许美好，但不来劲，想象的空间有限。我喜欢年龄大的男人和年龄小的女人谈恋爱，不喜欢年龄大的女人和年龄小的男人谈恋爱。

朱来扣（编辑）：男人会在年龄差距上有道德罪恶感的自我压力，女性却往往因情而无所畏惧。

俞悦（记者）：有代沟是一种幸福。能避免吵架。依赖感是女人的权利，若用不上，是一种浪费。

洁尘（作家）：嘿嘿，我个人喜欢姐弟恋。虽然我嫁了一个兄长似的老公。我喜欢所谓的姐弟恋，可能是喜欢在爱情中有怜爱的感觉。一直喜欢那种内心强大但性格有点羞涩内向、话少的男人。

王灵智（教授）：从实际考虑，终生相伴，年龄最好相近。现代人高寿多，两个人要共同生活几十年直到八九十岁，太阳落山。孤老残疾，日子不好过。

赵毅衡（评论家）：人类史已经有一百万年。"文明"才五千年，却给人类带来性年龄倒错。所有的性学研究都指出：男人性欲最强是17—27岁，女人性欲最强是30—40岁，男女寿命差也正如此。文明前的母系社会，恐怕一直是女大男少。现在的金钱地位文明，反了过来，一定要把"豆蔻年华"的少女欺骗成性对象。让我来做个大胆预言：二百年后，人类社会进化得更顺从本性，那么婚配将回到女大男小，相差十三岁。

Toni（记者）：I think love doesn't know age. But if you want to stay in a relationship, the age difference shouldn't be more than 15 years.

孙旻（编辑）： 每个人的成长经历不同，对年龄的要求也不同。我20岁时喜欢比我大10多岁的男人，30岁时喜欢年龄相同的，或许40岁以后会喜欢年龄小的男孩。有一首歌很好听"爱江山，更爱美人"，或许有些女人也这样想，这时，她已经超越了世俗的道德。唯一的遗憾是孤独,因为可以对话的对手很少,懂得的人更少。世界是为很多平凡的人准备的,精灵的人只是过客。

王巧玲(编辑):我还是挺难想象和自己的父辈恋爱会是怎样,小一些的男孩倒是可以接受的。

王泓(记者):年龄差距越大表明爱情来得越强烈,对方魅力越大。

严橄(评论家):从生理发育上讲,女人最好比男人大8岁。因为男人性成熟早,但男人比女人性衰老得快。我找了一个比我小三岁的男人。男人很多都具有恋母情结,总要把爱人当母亲看待。他很需要女人母亲般的呵护和关爱。他有时把头埋在我怀里撒娇叫:妈妈。我们的性生活现在还很和谐,不知以后会怎样。

吴晨骏(作家):年龄悬殊可能会有不好的情况,可能会有"生理歧视"。

木子美(作家):我喜欢的差距是在8岁左右。但我从小到大都喜欢30岁左右的男人。以前差距很大,现在差距变小了。

张咪（编辑）：应该相差四到八岁。

李天棚（制片人）：不过，我喜欢父亲般的恋人，和个人内心经历有关。

胡雪桦（导演）：我觉得年龄不是标准，心里的距离是最重要的。

VII

你觉得在战争年代，人们有没有谈恋爱的权利？在天翻地覆的变化中，人们更想恋爱？还是无暇恋爱？

邱华栋（作家）：应该用恋爱拯救自己，就像是一根稻草一样。可以用来抵抗外面的威胁。我曾经幻想，假如原子弹爆发的一瞬间，我和相爱的女人正在交合在一起，是最理想的。

钟雪燕（编辑）：越是混乱，世界末日到来，越会激发人的生命能量，爱过再死吧！

粲然（作家）：爱，比改革更能直接触碰到人本身。

姚峥华（记者）：及时享受啊，谁知道后边会怎么样。

王灵智（教授）：动乱时期，不管是真爱，一时方便之爱，为消除紧张而爱，或是单纯性爱，男女相爱都是自然的事。

杨争光（作家）：也许有无暇恋爱的时候，但那个时候，一定也是人最势利、最乏味的时候。

贾梦霞（编辑）：最过瘾的爱情是一种高手过招的感觉，激动人心。另外一种是张爱玲的乱世中的爱。别人说她恋上胡兰成是遇人不淑，我却觉得没有遇上才更加不幸。

王继涛（编辑）：战争年代无暇恋爱可能更多的是出于正义责任感什么的。

苏惠昭（记者）：战争会催化爱情吗？小说或电影中的答案都说会，但我认为要看这个人在战争中的位置，没有及时的生命危险，但又遇到相濡以沫的人。

黄宝莲（作家）：阻碍越大，爱欲更浓，得不到的往往也是更想得到的。

潘二如（评论家）：这样的故事常常发生在电影中，都很假——特别在中国电影中。

VIII

你觉得一个女演员一辈子在跑龙套，到了三十多岁，第一次也是最后一次演主角，也正是她第一次真正谈恋爱，两者又不可得兼，她应该如何选择？

春树（作家）：这女人好惨。她可千万别遇到坏人。我觉到了三十多岁才谈恋爱挺晚的了，我觉得她……是不是应该多问问朋友？看看什么《知音》《法制文萃》什么的，千万不要看爱情小说，省得受误导。要看点现实的，残酷的，为失恋做好准备，然后就投入进去吧，毕竟恋爱是美好的，也是必要的。还有，建议她一定要用安全套。

陈玉慧（作家）：丢铜板决定。

胡雪桦（导演）：要看她心里的天平那一头重。如果她不是一个很有才华的演员，而爱情是真实的，她应该要爱情。

洁尘（作家）：放弃恋爱，去演主角。然后，成功后，享受伤感，享受惆怅，享受失去的痛苦。

张子清（教授）：找一个漂亮的年轻的有性感的白马王子，穷也不碍事！

冯敏（评论家）：应该演啊，过了这村儿，可就没这个店了啊！不演白不演，白演也要演，演了也许就不白演。

北村（作家）：你要怎么写我都觉得合理，但满映那时的演员不是这样的，短期培养后就上电影，上个月还是护士，这个月就是明星了。

恺蒂（散文家）：她已经三十多岁了，如果她是一个想要孩子的女人的话，那就选择爱情。如果她是个不想要孩子的女人，那么应该选择事业。事业是自己的，爱情还是要靠别人的。

杨栗（编辑）：选择主角。演员就是生活在戏里才有意义。

周江林（诗人）：这个女人快要爆炸了。真正轰烈的女人是内倾的。时时有毁灭感，但她不是不想马上做，好像觉得她生命中尚有事没干完——三十岁的女人绝对如此。但也不同于男人的自我控制力。

木贼（编辑）：啊，有的人命好，一辈子都演主角，一辈子都在谈恋爱。摩羯座的女人一定会牺牲爱情选择事业啦，这是一个只要江山不要爱情的星座啊。双鱼座的女人为了爱情命都可以不要啦。天平座的女人可能既想要事业又想要爱情最终因下不了决定就不了了之。李香兰是什么星座的呢？1920年2月12日出生的她，主管人生目标的太阳星座是水瓶，主管爱情的金星星座是摩羯，从这两项看，她肯定会选择事业啦。

赵波（作家）：不论她选择什么，结果都一样。即使做了女主角，也没有大红大紫，戏演完她还是寂寂无名。

牟森（剧作家）：她应该什么都要。哪怕是把事情搞坏掉了，也应该两个都要。

尹丽川（作家）：演主角。

杨争光（作家）：选择一个，放弃一个，是成就也是自杀。

钟红明（编辑）：一个女人，在这"舍""得"权衡中，我自然是喜欢看到爱情占上风。

赵毅衡（评论家）：二者都是过眼云烟。不过"演主角"给人失望的苦涩，恋爱的回忆让人觉得一辈子没白活。

紫嫣（编辑）：实在不行就演主角。万一红了呢！女人红了并不是要当男人婆，她该有更丰富多彩的人生。

李敬泽（评论家）：我认为她该谈恋爱，赶紧嫁了，但是，如果是小说里，我也许会让她去演主角。

刘春（编辑）：三十多岁才恋爱，勇敢的时候特吓人。肉体的享受居多，精神方面不会太主动。女演员总在演戏，她渴望摘下面具。女演员的热情来得快，去得更快。把饱经世故的女演员娶回家，挺虚荣的，不见得真幸福。

陈染（作家）：我想这两个问题不冲突，人的潜力很大，恋爱也许能使她在演戏中把最精彩最动人的东西调动出来。因为，人在爱情中的时候，感受力和创造力都很旺盛，神经系统兴奋，好像有用不完的劲。而且相爱的人也会互相鼓励和理解对方成功。当然这是在一般的正常的环境下。

杨劲松（编辑）：选择什么？谈恋爱，还是演戏？演员永远分不清真假恋爱，能分清楚的，就不是好演员。

邱华栋（作家）：疯狂，不计后果。

蒋晔（编辑）：山口百惠嫁人后，生活也会有意思。

IX

你认为一个人做中国人好，做俄国人好，做日本人好？如果一个人的血脉中既是中国人又是日本人，既是俄国人又是中国人，他/她应该选择做哪一种人，如果他/她不能选择做另外两种人，他/她的国家有没有权力认为他/她是叛徒？

苏童（作家）：做哪国人好？我觉得这几国都意思不大，我个人最想做意大利索莲托那不勒斯一带海滨的人，因为喜欢那一带的风光。混血的问题也怪，我不认为抛弃一个血缘就是什么叛徒。

胡雪桦（导演）：做中国人。他应该有两本护照或三本。要不把护照全烧了，他／她不可能属于任何一方。

棉棉（作家）：我不会放弃我是中国人的。如果一个人的血脉里有中、日，或者中、俄血统，我想他怎么选都无所谓。

李敬泽（评论家）：我看都不好。如果实在要选，就做俄国人好了。但中国人和日本人肯定认为她是叛徒。

恺蒂（散文家）：当然是做中国人好。如果一定要选择只能做一种人的话，很有可能会被人认为是叛徒。唯一的选择是到英国或者美国或者南非去生活！

陈染（作家）：在和平时期，他（她）按照自己的感情倾向来选择比较自然；但是在非正常时期，比如战争阶段，对于个人就会比较痛苦。

方方（作家）：一个人若是世界民族大团结的结果，他做哪国人都可以。这与叛不叛徒无关。

张子清（教授）：别用中国现在的政治标准来套用。应当站在真正国际主义的立场和视角看问题。

周江林（诗人）：叛徒是一种荣耀。我想对一个具有毁灭感的人是这样。连我也多少有这样的东西。那个将要被塑造的女性当然更应具有。没有人愿意成为本质上的中国人，因为做中国女性太没有出路了，但是做中国女人这张牌是有趣和有效果的。

吴小攀（编辑）：可以选择的话，我会选择俄国人吧，因为俄罗斯人比较高大，他们的文化也比较有活力。

尹丽川（作家）：看他觉得跟哪个民族更亲吧。

赵毅衡（评论家）：尽可能不做日本人，日本人太刻板：当工匠就精益求精，当经理就如催命阎王，当天皇真来个"万世一系"，当女人就"全套服务"，当军人就先死再想。被人谈虎色变的"武士道"，其实是职业士兵之"敬业"。这样的民族没多少人性余地，从长远说，是要走下坡路的。

春树（作家）：这个问题嘛……我觉得还是做美国人好。因为美国女人更自由嘛。如果做不了，还是做中国人吧。如果她身上有两种血液,那就做个世界人,别人还会羡慕呢。不要太在意国家的看法,国家这个东西,是很冷冰冰的。

北村(作家):说到叛徒,五族协合是当时的口号,分三种人,一种倒向日本人,养女心态,暧昧,多数;一种是反抗,少;另一种中间状态,无所谓。我要提醒的是,他们不像台湾人那么亲日,但也对老蒋意识模糊,安于现状。冲突并不激烈。

马丁·文特(翻译家):做我这样的奥地利人好像很讨厌,做俄国人、日本人和中国人都有问题,都是集权、民族主义和历史罪恶的问题,鲁迅在照片上很像日本人。中国人出去多,别国人真的想待在中国一辈子还是很少。

董洁心(作家):关键是自己在做了选择之后就不要后悔,那就会少很多精神上的痛苦。

吴炜(编辑):如果自己是一个人性的人,博爱的人,他/她就是一个人类意义上的人。这样一个人,远比一个狭隘的民族主义者要有价值。

牟森(剧作家):甫志高成了叛徒,有一个因素是因为:雨夜，看自己家窗户的灯很暖和，想到自己要有一段时间不能和老婆在一起，应该再跟她好好地搞一次，给她买点她爱吃的牛肉。从偶然性的角度，是雨天的性冲动让甫志高成了叛徒。

陈志锐（诗人）：我喜欢日本的精美，所以一向偏向东瀛的美学。我也向往单纯的解体前的苏联。有可能最终在种族的内在纠纷中出走，到第四个国度，切割羁绊，重新再来，成为某国人。

木子美（作家）：我喜欢做日本人。我觉得做哪一种人都无所谓，随遇而安吧。他/她的国家怎么想我真不知道。

臧永清（编辑）：做日本人不好，人与人之间太虚伪，太冷血。怎么会是叛徒，我认为不会。每个自信的国家都很宽容。

王灵智（教授）：在此地，加州，混血成了趋势，几十年中会成为社会主流。年轻人中，混血还特别荣耀。

赵允芳（编辑）：他（她）一定会选择自己亲人所在的国度。

杨争光（作家）：叛徒和英雄常常"乱码"。

术术（编辑）：我下辈子最想做一个容易满足的人，别老拧巴自己的人就行，管他哪国人。我的回答让自己大吃一惊，您说我这是想什么呢？嘻嘻……

冯敏（评论家）：最佳方案是吃中国菜，住俄国房，娶个日本老婆，此生足矣，嘻嘻。

小安（作家）：《杜拉斯传》说"我来到法国的这个腐朽的地方之后，也许就像被判处缓期执行一样""要知道，我们是越南人，而不是法国人"。她最初的18年都在越南度过，所以她选择做个越南人。她并不因为法国社会对她的斥责而停止。

史玉根（编辑）：你的小说给中国人看，当然选择做中国人。

郭彦（编辑）：我想成为一个俄罗斯女人，当然是最美的那种俄罗斯女人。还是中国人好，至少不是罗圈腿。本来上几辈人风花雪月的浪漫故事，却让我背上如此沉重的民族和国家概念与意识，虹影，你干吗那么残酷？非把自己往绝路上去呀！即使是写小说也不要自残呀？

附录

我看虹影

魏心宏

我"认识"虹影应该说有年头了,之所以在认识两个字上面打了引号,是因为我们的相识是从通信和电话开始的,真正见面要晚好几年。

在认识虹影之前,我只知道她是个诗人,重庆人。对诗人,我向来都是很敬畏的。而且,还是四川的女诗人,那就更加不得了。我知道四川那地方是喜欢出一些很有才气的人的。我还认识另一位四川女诗人,翟永明,漂亮能干不说,写的诗,实在好。而且最有意思的是,她告诉我她大学是学导弹还是卫星什么的,和写诗根本是八竿子打不着的。虹影的诗我也看过一些,也很不错。后来,就接触到她在台湾出版的小说《饥饿的女儿》。虹影把那书的国内版权给了我,我们出版社就接受出版了。临到出版的时候，虹影提出来要改个名字《十八劫》，我说，这有点像武侠。但她还是坚持。书出了之后，我在上海见到了赵毅衡。赵先生是英国文学和中国现代文学方面的专家，在伦敦教书，人很文雅，据说他也是老上海人，本来想很好交谈的，但是，偏巧那天电话多得不得了，只好匆匆告别。虹影后来告诉我说，赵先生感觉我是一个忙得不可开交的人，其实并不是这样。

和虹影还没有见面之前，先有一段"官司"闹了起来。事情是虹影把给我们社出的那本书又给了四川文艺出版社，我们社认为这造成了违背合同，告了虹影。可是这件事情我作为当事人根本一点也不知晓，那些日子我在家养病，结果还是华盛顿一家上海话广播电台的记者给我来了电话，告诉我说虹影在网上写了文章。我请记者在电话里把文章给我念了一遍，虹影在文章里把我们这些人叫做"绍兴路上的师爷"，我对这句话印象深刻。

绍兴路是我工作的上海文艺出版社所在的一条很小很幽雅的马路。我在那条路上行走了二十多年，对这条小马路可以说情有独钟，现在得了个"师爷"的尊称，我感到这个女人厉害。

后来，这件事情最后和解了。公平地说我并不觉得虹影在这当中有多大的错，我作为当事人也没有什么不对的地方，如果，当时的工作能做得更细一点，更周到一点，事情绝对不至于是这么个结果。

见到虹影已经是很晚了。她到上海，住在新锦江，给我电话，我去看她。门铃响过，为我开门的虹影那天她穿了件好像是有点明清味道的丝绸大褂，脸边上有一绺很细的头发挂下来，显得既很随意，同时也很人为。我是不大留神女人们的装扮的，但是，那天虹影给我的印象现在一想起来，就是这样。

虹影也是第一次见我，对我是什么印象我至今也没有向她调查过。大概不大像上海人。我想这是肯定的。我们后来一起去台湾女人开的鹿港小镇吃饭，到新天地去喝茶。上海已经变得什么人都非得这样"时尚"了，我也没有办法。虹影说话的时候喜欢大笑，她讲的话我还是能听得出很重的四川口音。我请了上海电视台为她做一个片子，来的制片人张劲超，妻子也正好在伦敦留学，所以感到大家很近，于是便一起约了去上海瑞金宾馆里的FACE酒吧，那地方完全是旧上海的味道，坐在那里面的虹影，我感到很像那么回事。

中国在海外的女作家当中，有两个人是必须一提的，一个是在美国旧金山的严歌苓，另一个是在英国伦敦的虹影。我感觉，这两位女作家是唯一在海外坚持参加中国当代文学主流创作的作家。两个人都是我交往多年的好友。我为严歌苓编过两部长篇，《人寰》和《扶桑》。虹影这几年写作量很惊人，我是很看重她们俩的。

虹影虽说是诗人出身，但是小说写得绝不亚于职业的小说家。事实上，她近年来一直在写小说，而且为了写小说，从伦敦回到北京，在北京的望京小区买了房子，赵先生当年和我说，她不安心在英国，这是一个把创作当作最大的事情来做的疯狂女人。

也许是身居海外，受海外文化影响的缘故，虹影写作的一个很大的特点是善于取材。凭着艺术家的敏锐，她能很快地决定自己将要写什么，甚至怎么写。她这几年里，写的《K：英国情人》《上海王》都是这样独辟蹊径的创作。我看到一些海外作家或者干脆是海外的艺术家对她的评价，都是很高的赞美，《K：英国情人》一书被英国独立报选为2002年最佳十本书之一，今年此书在德国好评如潮，一直在畅销榜上。外国人对艺术家普遍都比较宽容，不像我们国内，对艺术家稍微说点好听的，立刻就会招来一片谩骂。要不就是反过来，只说好话，不说实话。

虹影的眼睛和嘴角给我的印象最深，我感到那是一种看问题想事情很厉害的人才有的面部表情。也许是她童年所受经历的影响，她不肯轻易放过自己认为没有想清楚的问题。她喜欢去寻思事情的过去，或许在她的感觉里，她认为现在我们所看重的那些事情很快都会过去，变得一文不值，而她已经发现了真正有价值的东西，她要在那里慢慢寻找，慢慢思想，历史和时间都无法掩盖那些真正有价值的东西的光芒，她喜欢在那里逗留，因为，凭着一种类似职业的驱使，她坚信自己是对的。

《绿袖子》这小说，虹影是在电子邮件里传给我的，那天正好是周日，我到办公室加班，一个人在办公室里仔细地读了这篇小说，我被故事当中的玉子以及那个比她还要小的男友的命运吸引了。看完小说，我在想，是什么原因驱使作家去搜寻这样一个老故事来写呢？难道是作家找不到写的东西了吗？

我还是在作品里找到了答案。当伟大的关系到民族命运的战争到来的时候，历史的洪流只会记住那些为战争浴血奋战的人，个人的命运和情感很自然地会被无情地忽略，更不要说像玉子以及她的男友那样混血的孩子，她们在民族抗争的伟大运动中难以归类，没有人会去重视她们的内心。可是，当硝烟散尽，当一切都已经成为过去的时候，我们的作家又重新拨开历史的迷帐，发现了这两个弱小的人物。她惊讶地发现了他们之间所经历的那场爱情悲剧一点也不逊色于已经载入史册的伟大抗争，她甚至倾听到了两个人物在早就湮灭的历史中暗暗的哭泣，仿佛看到了当年两个年轻人无奈的眼神。在这样一场爱情的伟大悲剧面前，作家怎么也保持不住她的沉默，她要把这两个早已尘埃落定的人物再从历史的故土里挖掘出来，赋予他们生命和感情。或许这当中也寄托了作家自己的某些难以表达的情感。这怎么可能是无病呻吟呢?

远在英伦三岛住着的中国女作家虹影就是这样一个时时惦记着自己祖国的人,惦记着自己的读者的人。我们要感谢这位艺术家,她所做的,正是我们想要探询的。

你在逝去的岁月里寻找什么

虹　影　魏心宏

魏：请你用最精练的语言把你写的《绿袖子》概括一下好吗？

虹：1945年的长春，日本面临战败，满映的一个中日混血演员，和一个中俄混血的搬运工青年，在乱世中开始一段忘年之恋。但是这个黑白分明，却不断重组是非的年代，不能容忍他们。最后他们被中国人、俄国人、日本人强力驱散。他们却在战火纷飞的年代，坚持互相寻找。

魏：你写这段历史是为了什么？

虹：我同情社会边缘人，尤其同情他们在不允许边缘人年代的命运。任何历史容不下他们。他们在社会演变之外。人们干脆不希望看到这种无法归类的人。我自己就是一个无法归类的人。我想把我这样的人写进一部特殊的历史。

魏：历史与虚构小说本来正好是矛盾的，但是你却似乎很勇敢地选择了小说的叙事方式，除了这次的《绿袖子》，先前出版的《上海王》乃至《K：英国情人》你都是采取小说的方式，能说说你是怎么来认识和解决这个矛盾的吗？

虹：历史也是虚构，只不过集中了伟人大事，而且用意识形态加以拔高。因此历史是一种伪叙述，相比之下，小说关心细节，关心人的感情命运，可能小说更能接近历史真相。我自觉地用小说改写历史。

魏：你对最近上海报纸有关对该小说引起的争议，比如与《广岛之恋》的情节有雷同等，能不能发表一下看法？

虹：《广岛之恋》电影，二十年前看过。写《绿袖子》时，完全没有想起。

　我写的是战争年代边缘人的故事。

　批评家的话，我一向注意听。但是现在却有人指责我"雷同"，因为都是写战乱年代的异国爱情，这就太岂有此理。按这个逻辑：

　我可以说《白鹿原》"雷同"《古船》，几代人物经历了相似的年代的动乱,有的人参加革命,有的人参加反革命。

我可以说《安娜·卡列尼娜》"雷同"《包法利夫人》,因为都是女人有婚外恋,结果自杀。

我可以说《红灯记》"雷同"了《铁道游击队》,都是写铁路工人和他们的家庭与日军斗争。

我甚至可以说《我们的心多么顽固》"雷同"了《生活秀》,都是开小饭馆的人,遇到的男女纠葛。

甚至连《浮士德》都是"雷同"《普罗米修斯》,都是人与天斗。

这样比下去,还有个完吗?

我可以为每一本小说找出"雷同"的"痕迹"。你可以问任何小说,我马上给你说出它的"前型"。

我不跟传媒打官司,我希望指责"雷同"的批评家站出来,为自己的话负责。让我们说个清楚。

我现在仔细想一下,却没有发现雷同。却有根本的区别,主要三点:

第一,那里的法国女人,爱上日本人,想起之前爱上德军,结果太糟,因而犹豫。她们的悲剧在于身份过于明确,容易归类。《广岛之恋》的悲剧,是人被当作类别。

我的女主人公是个边缘人爱上另一个边缘人,两个人都是国籍民族混合的人。绿袖子的悲剧,是身份不明,与《广岛之恋》正好相反。

第二,那里时间是1957,一切旧情,与旧境,都是回忆。广岛原爆,并不是影片的有机组成部分,而是"毁灭"的象征。

我的小说,是男女主人公在多国卷入的战争年代,因为民族身份不明,没有任何一方愿意信任她们,她们实际上在夹缝里恋爱,设法躲开任何一方,生存下去。

第三,我构思这部小说,起因是"满映人"与长春人身份的尴尬。实际上是回顾中国电影史上被忘却的一章。

我构思这部小说,也经常想到自己的身份认同之难。《广岛之恋》说的不是身份认同之难,而是身份之难。

所以,那个指责我"雷同"的批评家,脑子走的是直线:《广岛之恋》写了战争中异族男女的恋爱。因此,从1957年之后,凡是写战争——尤其是二次大战——中异族男女恋爱的,全部是"雷同"《广岛之恋》。

那位批评家为什么不指责《绿袖子》是"雷同"《科莱利上尉的曼陀铃》?原因很简单,因为按他的逻辑,《科莱利上尉的曼陀铃》(国内翻译为《战地情人》)也是抄袭《广岛之恋》。

这种批评家太容易做!这种教授教出来的学生,是新教条主义者。

魏：从米兰·昆德拉到纳博科夫，他们都是国际形态的作家，他们都是在离开了自己的祖国之后，才写出了震惊世界的伟大作品，特别是纳博科夫，他在离开了俄罗斯加入美国国籍之后，再写作品甚至都还要回到俄罗斯去写，否则根本找不到感觉，我发现你现在也是在很多时候悄悄地回来，躲在中国写小说，你是不是认为，在中国写作对你来说是一个必要的条件？换句话也可以这么说，你认为，国际作家和本土作家相比，他们的优势是什么呢？

虹：弄反了。我在英国是隐居，大隐隐于西。我在英国集中心力写小说，因为很少有人打扰。回中国，就很难写长文了，但我仍然坚持每天上午写作。我们都是中国作家。或许"国际作家"，靠得近，也躲得开，也能"闹"中取静。这是唯一的不同。

魏：你以前是诗人，为什么现在却选择写小说，一部接一部，那么你是不是认为诗歌创作已经没落了呢？

虹：我至今主要是诗人，每年有不少诗作。困难不在于我：读者不读诗歌，包括我的诗歌，我无法强迫别人；诗歌界认为我"已经离开"，所以不认我是同行，各种诗选也不选我的作品，这我也无法强人所难。但是我真希望各位读者，无妨看一眼我的诗作：我自己认为，我的诗写的比小说好。信不信：我说了没用，你们还是不读。

魏：再问几个比较私人问题：你一般是什么时间写作？早上、晚上还是别的时间？

虹：我以前是个夜猫子，对健康不利，对什么都不利。积习慢慢改，意志渐渐增加。在国内只能上午写作，否则就没有写作时间。

魏：你身边的朋友对你的小说创作参与意见吗？你害怕听到对你的小说的批评意见吗？

虹：想叫他们停止批评，就像让鸟不飞，可能吗？而且，我的小说写出来后，永远请人提意见，每一稿都请人看。批评越多越好，而且坏话比好话有意思。我对每个批评者鞠躬致谢。不过，无论什么批评，最后的主意，是我自己拿，不然作品成了杂烩汤。